30
ANOS

CB048664

A história dos meus dentes

A marca FSC® é a garantia de que a madeira utilizada na fabricação do papel deste livro provém de florestas que foram gerenciadas de maneira ambientalmente correta, socialmente justa e economicamente viável, além de outras fontes de origem controlada.

Valeria Luiselli

A história dos meus dentes

tradução
Paulina Wacht e Ari Roitman

Grafia atualizada segundo o Acordo Ortográfico da Língua Portuguesa de 1990, que entrou em vigor no Brasil em 2009.

Título original
La historia de mis dientes

Capa
Celso Longo

Foto de capa
Michael Ochs Archives/ Getty Images

Preparação
Breno Barreto

Revisão
Isabel Jorge Cury
Marina Nogueira

Dados Internacionais de Catalogação na Publicação (CIP)
(Câmara Brasileira do Livro, SP, Brasil)

Luiselli, Valeria
A história dos meus dentes / Valeria Luiselli ; tradução Paulina Wacht e Ari Roitman. – 1ª ed. – Rio de Janeiro : Alfaguara, 2016.

Título original: *La historia de mis dientes*
ISBN 978-85-5652-015-9

1. Romance mexicano I. Título.

16-04070 CDD-m863

Índice para catálogo sistemático:
1. Romances : Literatura mexicana m863

EDITORA SCHWARCZ S.A.
Rua Cosme Velho, 103
22241-090 — Rio de Janeiro — RJ
Telefone: (21) 2199-7824
Fax: (21) 2199-7825
www.objetiva.com.br

Para a equipe da fábrica Jumex

Sumário

LIVRO I: A HISTÓRIA (PRINCÍPIO, MEIO, FIM)

Um homem pode se chamar John porque esse era o nome de seu pai; uma vila pode se chamar Dartmouth porque está situada na embocadura do rio Dart. Não há, porém, nada na significação da palavra John que implique que o pai da pessoa assim chamada também possua esse nome; tampouco na palavra Dartmouth, para que essa vila esteja situada na desembocadura do rio Dart.

J. S. MILL

Sou o melhor leiloeiro do mundo. Mas ninguém sabe disso porque sou um homem comedido. Meu nome é Gustavo Sánchez Sánchez, e todos me chamam, creio que carinhosamente, de Estrada. Posso imitar Janis Joplin depois de duas cubas-libres. Sei interpretar biscoitos chineses da sorte. Posso colocar um ovo de galinha em pé numa mesa, como fazia Cristóvão Colombo na famosa anedota. Sei contar até oito em japonês: ichi, ni, san, shi, go, roku, shichi, hachi. Sei boiar de costas.

Esta é a história dos meus dentes. É meu ensaio sobre os colecionáveis e o valor inconstante dos objetos. Primeiro vêm o princípio, o meio e o fim, como em qualquer história. O resto, como um amigo meu sempre diz, é literatura: hiperbólicas, parabólicas, circulares, alegóricas e elípticas. E depois não sei mais o que vem. Possivelmente a ignomínia, a morte e, mais tarde, a fama post mortem. Mas sobre isso não terei que dizer mais nada em primeira pessoa. A essa altura serei um homem morto, um homem feliz e invejável.

Há homens com sorte e há homens com carisma. Eu tenho um pouco dos dois. Meu tio Solón Sánchez Fuentes, vendedor de gravatas italianas de qualidade, dizia que a beleza, o poder e o sucesso prematuro se evaporam e são uma carga pesada para quem os possui, porque a perspectiva de perdê-los é um fardo que pouca gente pode suportar. Esse tipo de preocupações não me aflige porque nunca tive qualidades efêmeras. Só as permanentes. Do meu tio Solón herdei até a última gota que lhe restava de carisma, e também uma gravata elegante, que é a única coisa, como ele dizia, necessária na vida para ser um homem com pedigree.

Nasci em Pachuca, a Bela Faceira, com quatro dentes prematuros e o corpo todo coberto por uma camada muito fina de penugem preta. Mas fico até contente com esse início adverso, porque a feiura, como dizia meu outro tio, Eurípides López Sánchez, forja o caráter. Quando meu pai me viu pensou que seu verdadeiro filho tinha sido levado pela parturiente do quarto ao lado. Tentou de várias maneiras — chantagem, intimidação, burocracia — devolver-me à enfermeira que tinha me trazido. Mas mamãe me recebeu nos braços desde o momento em que me viu: vermelho, inchado e diminuto. Mamãe estava treinada para assumir a porcaria como destino. Papai não.

A enfermeira explicou aos meus pais que a presença dos meus quatro dentes era uma condição estranha no nosso país, mas nada incomum em outras raças. Chamava-se dentição pré-natal congênita.

Que raças, por exemplo?, perguntou meu pai, na defensiva.

Caucasianos, senhor, disse a enfermeira.

Mas este menino é mais preto que petróleo, replicou Papai.

A genética, senhor Sánchez, é uma ciência cheia de deuses, disse ela.

Isso deve ter consolado ou intimidado um pouco o meu pai, que afinal se resignou a levar-me no colo para casa, enrolado numa grossa manta de flanela.

Poucos meses depois nos mudamos para Ecatepec. Mamãe ganhava a vida limpando as casas de outras pessoas. Papai não limpava sozinho nem as próprias unhas. Deixava-as duras, ásperas, escuras. Cortava com os dentes. Não por ansiedade; por preguiça e prepotência. Enquanto eu fazia meu dever de casa na mesa, ele as estudava em silêncio, de frente para o ventilador, jogado na poltrona de veludo verde que mamãe herdou do sr. Cortázar, nosso vizinho do 4A que morreu de tétano. Quando os filhos do sr. Cortázar vieram levar os seus pertences, deixaram conosco o papagaio — Critério, que aliás também morreu, creio que de tristeza, poucas semanas depois — e a poltrona de veludo verde em que Papai passou a se refestelar todas as tardes. Absorto, estudava as constelações de umidade do teto, escutava a Rádio Educação e roía as unhas; dedo por dedo.

Começava com a do mindinho. Imprensava uma ponta entre o incisivo central superior e o inferior, separava apenas uma lasca, e depois arrancava com um puxão a meia-lua de unha pendurada. Depois disso a mantinha na boca por uns instantes, fazia um canudo com a língua e soprava: a unha era disparada e caía em cima do meu caderno escolar. Os cachorros latiam na rua. Eu contemplava o pedaço de unha, morta e suja, a alguns milímetros da ponta do meu lápis. Então desenhava um círculo em volta e continuava fazendo os exercícios, com o cuidado de evitar o círculo. Continuavam a cair unhas do céu em cima do meu caderno Scribe de linhas largas, como se fossem meteoritos propulsados pelo ar do ventilador: anular, médio, indicador e polegar. E depois a outra mão. Eu ia colocando as letras do exercício em volta das pequenas crateras circunferenciadas que as porcarias voadoras de Papai iam deixando na página. Quando terminava o dever, juntava todas as unhas num montinho e guardava no bolso da calça. Depois, no meu quarto, eu as guardava num envelope de papel que deixava embaixo do travesseiro. Minha coleção chegou a ser tão extensa que enchi vários envelopes ao longo da infância. Fim de recordação.

Papai não tem mais dentes. Nem unhas, nem cara: foi cremado há dois anos, e, a seu pedido, mamãe e eu fomos deixar as cinzas na baía de Acapulco. Um ano depois, enterrei mamãe junto a suas irmãs e irmãos na cidade de Pachuca, a Bela Faceira. Está sempre chovendo lá, e quase não há vento. Viajo a Pachuca uma vez por mês para vê-la, normalmente aos domingos. Mas nunca chego até o cemitério, porque tenho alergia a pólen, e há sempre muitas flores lá. Desço do ônibus não muito longe do portão, num bonito passeio adornado com esculturas de dinossauros em tamanho real. Ali fico parado entre aquelas bestas mansas de fibra de vidro, quase sempre me molhando, rezando pais-nossos, até que meus pés incham e me sinto cansado. Depois volto a atravessar a rua procurando pular as poças, redondas como as crateras dos meus cadernos de criança, e espero o ônibus que me leva de volta à estação.

O primeiro trabalho que tive foi na banca de jornal de Rubén Darío, na esquina da rua Aceites com a rua Metales. Eu estava com oito anos e já tinham caído todos os meus dentes de leite. Eles haviam sido substituídos por outros, mais largos que pás, cada um apontando numa direção diferente. A esposa do meu chefe, Azul, foi minha primeira amiga de verdade, mesmo tendo vinte anos a mais que eu. Seu marido sempre a deixava trancada em casa. Às onze da manhã ele me mandava com um jogo de chaves para ver o que Azul estava fazendo e lhe perguntar se precisava de algo do comércio.

Azul quase sempre ficava deitada na cama só de roupa de baixo, com o sr. Unamuno se esfregando em cima dela. O sr. Unamuno era um velho babão que tinha um programa na Rádio Educação. O programa sempre começava da mesma forma: "Com vocês, Unamuno: modestamente deprimido, simpaticamente eclético, sentimentalmente de esquerda". Idiota. Quando eu entrava no quarto, o sr. Unamuno dava um pulo, enfiava a camisa para dentro e abotoava a calça todo desajeitado. Eu enquanto isso olhava para o chão e, às vezes, de esguelha, para Azul, que continuava deitada na cama, olhando o teto, passando as pontas dos dedos na barriga nua.

Já vestido e de óculos, Unamuno vinha e me dava um tapa na testa.

Não lhe ensinaram a bater na porta, Cucaracha?

Azul me defendia: ele se chama Estrada e é meu amigo. Depois soltava uma gargalhada ao mesmo tempo profunda e simples, seus caninos desconcertantemente compridos e achatados nas pontas.

Quando o sr. Unamuno por fim se esgueirava, cheio de ansiedade, pela porta traseira, Azul se cobria com o lençol, como se fosse a capa de um super-herói, e me convidava para pular na cama. Quando nos cansávamos de pular, deitávamos e começávamos a brincar de médico. Quando terminávamos, ela me dava um pedaço de pão e um sacolé de água com canudo e me mandava de volta para a banca de jornal. No caminho eu bebia a água e guardava o canudo no bolso da calça, para depois. Cheguei a ter mais de dez mil canudos, palavra de honra.

O que Azul estava fazendo?, perguntava o sr. Darío quando eu voltava para a banca.

Eu a encobria, descrevendo alguma atividade inocente:

Só estava tentando enfiar a linha numa agulha para remendar o roupão de batismo do filho de uma prima de segundo grau.

Que prima?

Ela não disse.

Deve ser a Sandra; ou a Berta. Tome aqui uma gorjeta e vá direto para a escola.

Fiz o primário, o secundário, o vestibular e passei despercebido e com boas notas porque sou daqueles que nunca fazem onda. Não abria a boca nem quando diziam meu nome na chamada, e não era por medo de que vissem a minha dentadura torta, mas por comedimento. Aprendi muitas coisas na escola. Fim do princípio.

Quando fiz vinte e um anos me deram um trabalho como segurança numa fábrica em Vía Morelos, acho que por causa desse mesmo comedimento. A fábrica produzia sucos. E os sucos, por sua vez, produziam arte. Ou seja, os lucros que vinham da venda de suco financiavam a maior coleção de arte do continente. Era um bom trabalho. Embora eu fosse responsável apenas por tomar conta da entrada da fábrica e não tivesse permissão para entrar na galeria onde expunham a arte, em certo sentido eu era o guardião de uma coleção de objetos de verdadeira beleza e verdade. Fiquei dezenove anos. Tirando seis meses de licença devido a uma hepatite, três dias por causa de uma cárie nefasta que culminou numa endodontia molar dupla e as semanas que tirei de férias, passei exatamente dezoito anos e três meses como segurança na fábrica. Não foram dias ruins, mas também não foram bons.

Mas um dia qualquer minha sorte mudou, como diz Napoleón, o cantor. No exato dia do meu aniversário de quarenta anos, o Operador de Pasteurização teve um ataque de pânico enquanto atendia um mensageiro da DHL, um senhor enxundioso, de estatura média. A Secretária do Supervisor de Polímeros, que nunca havia presenciado um ataque de pânico, pensou que o mensageiro de estatura média estava agredindo o Operador de Pasteurização, porque este levou as mãos ao pescoço, ficou mais roxo que uma ameixa, entrecerrou os olhos e desabou para trás, deixando-se cair com as pernas bambas.

O Gerente de Serviços aos Clientes me gritou que fosse interceptar o mensageiro de estatura média. Atendi à ordem e avancei em direção ao suposto criminoso. Meu velho amigo e colega, o Cachorro, um dos motoristas da fábrica, estava entrando pela porta bem nesse momento e correu para me ajudar a deter o mensageiro de estatura média. Bati com a ponta do varapau no topo das nádegas deste — nem sequer muito forte — e então o pobre homem começou a chorar inconsolavelmente. O Cachorro, que não é nenhum sádico, soltou-o. Enquanto eu o puxava pela orelha em direção à porta de saída pedi a ele, já num tom mais gentil, que se identificasse. Com uma das mãos para cima, enfiou a outra no bolso e puxou uma carteira. Depois, com a primeira, tirou a carteira de motorista e me entregou, incapaz de me olhar nos olhos: Avelino Lisper — um nome ridículo. Então o Gerente de Serviços aos Clientes me mandou voltar imediatamente para acudir o colega moribundo, porque o Operador de Pasteurização continuava estendido no chão sem respirar. Eu disse ao mensageiro de estatura média que ele podia ir embora — mas ele ficou ali parado, chorando, pode-se dizer que debulhado em lágrimas — e corri em direção do Operador de Pasteurização, abrindo passagem entre os curiosos com a ponta do varapau. Quando cheguei me ajoelhei ao seu lado, peguei-o nos braços e, por falta de solução melhor, fiquei segurando-o em silêncio até que saiu da crise de pânico. O Cachorro, enquanto isso, se dispôs a consolar o mensageiro da DHL até que ele também se acalmasse.

No dia seguinte, o Gerente da fábrica me chamou à sua sala e me comunicou que eu ia ser promovido.

Os seguranças são funcionários de segunda categoria, confidenciou-me, e você é um homem de primeira categoria.

Por determinação da diretoria, a partir desse momento eu teria uma mesa e um escritório próprios, e meu trabalho consistiria em consolar os funcionários que necessitassem consolo.

O senhor vai se ocupar do Controle de Crise de Pessoal da empresa, disse-me o Gerente, com o sorriso ligeiramente sinistro daquelas pessoas que foram muitas vezes ao dentista.

Passaram-se duas semanas, e como o Operador de Pasteurização estava de licença temporária, na verdade não havia ninguém na fábrica que necessitasse consolo. Havia chegado um novo segurança, um gordinho metido a simpático de nome Hochimin e que passava o dia todo tentando puxar conversa com as pessoas. Discrição é uma qualidade que poucos apreciam. Eu o observava com desdém do meu novo escritório. Tinham-me dado uma cadeira giratória de altura regulável e uma escrivaninha com uma gaveta em que havia uma coleção excelente de elásticos e clipes. Todos os dias eu guardava um elástico e um clipe no bolso da calça e levava para casa. Cheguei a ter uma boa coleção.

Mas nem tudo eram pétalas de veludo e nuvens de marshmallow, como diz Napoleón. Alguns funcionários da fábrica, em particular o Gerente de Serviços aos Clientes, começaram a reclamar que agora me pagavam para eu ficar cortando as unhas e contemplando o teto. Alguns funcionários chegaram a elaborar uma teoria segundo a qual o Operador de Pasteurização e eu tínhamos feito aquele teatrinho só para que ele ganhasse um mês de descanso remunerado e eu fosse promovido — típicas patranhas e enganos de miseráveis que não suportam a sorte dos outros. Após uma deliberação, o Gerente determinou que me mandassem fazer cursos de especialização, com o objetivo de me manter ocupado e de quebra adquirir habilidades para lidar com as crises periódicas do pessoal da fábrica.

Assim comecei a viajar. Tornei-me um homem do mundo. Fiz cursos e oficinas ao longo de toda a República e até do Continente. Digamos que virei um colecionador de cursos: Primeiros Socorros, Controle da Ansiedade, Nutrição e Hábitos Alimentares, Escuta e Comunicação Assertiva, Criatividade Administrativa, DOS, Novas Masculinidades, Neurolinguística. Foi uma época de ouro. Até que se acabou, como tudo o que é bonito e belo. O princípio do fim começou com um curso que tive que fazer na Faculdade de Filosofia e Letras da Universidade Nacional. Era ministrado pelo filho do Gerente, de modo que eu não podia me recusar a fazer o curso sem pôr o meu emprego em risco. Aceitei. O curso se chamava — para meu horror, vergonha e desconcerto — "Dança Contact-Impro".

O primeiro exercício da oficina consistiu em inventar uma coreografia, em duplas. Minha parceira era uma tal de Magra, que, embora fosse realmente magra, não era bonita mas também não era feia. Essa Magra me usou como poste, dançando à minha volta ao estilo daquela curvilínea e exótica artista dos anos 1960, Tongolele, enquanto eu ficava estalando os dedos para tentar seguir aquele ritmo tão difícil da canção, coisa que ela ignorava completamente. Ela deslizava as mãos pelo meu corpo, passava os dedos pelo meu cabelo, ia desabotoando a camisa. Eu continuei estalando os dedos aplicadamente, sem perder o ritmo. Quando a canção acabou, a Magra estava na flor da sua feminilidade, e eu completamente deflorado, transformado em dançarino contact-impro, em pé e seminu num salão de parquê da Faculdade de Filosofia e Letras, com os testículos do tamanho de dois axolotles. Fim da recordação.

Para salvar minha honra, não tive outra saída a não ser me casar com a Magra alguns meses depois. Etc. etc., e ela engravidou. Larguei meu trabalho na fábrica de sucos porque a Magra achava que eu não devia desperdiçar meu talento natural para a dança, e talvez o teatro. Eu me tornei seu projeto pessoal, seu serviço social, sua contribuição para a nação. A Magra tinha estudado num desses colégios católicos só para meninas, e era tão pervertida quanto qualquer uma daquelas mexicanas brancas e riquinhas. Mas ela tinha se rebelado, ou pelo menos era o que dizia, e estava estudando para se tornar budista. Como tinha economizado boa parte dos seus ganhos (mentira: eram as economias do pai), ela se ofereceu para me sustentar caso aquela coisa de dança e teatro não se mostrasse particularmente lucrativa. Eu me sentia pronto para compactuar. Mudei-me para seu apartamento exageradamente grande em Polanco e passei a viver a vida de um príncipe. E então, como sempre acontece, ao fim de um tempo bastante curto, a Magra virou uma gorda.

Por mais *élan* que eu tivesse e apesar da perfeição material da minha corporalidade, não consegui trabalho como bailarino de dança contemporânea, nem como ator. Fiz testes na companhia Ícaro Caído, na Dimensão Alterna, na Raça Cósmica, e até no grupo Espaço Aberto, que, como diz o nome, é muito aberto e aceita todo mundo. Nada. Quase me aceitam no FolclorArte, mas afinal quem ficou com a vaga foi um tampinha com corpo de lombriga chamado, pretensiosa e ridiculamente, Brendy.

Passei um tempo, como diz Napoleón, feito lenha verde que não acende e árvore que não cria raiz. Magra decidiu que eu precisava investir em mim, então ela me obrigou a assistir a aulas de filologia clássica e literatura moderna na Universidade Nacional. No início eu detestei a vida nas salas de aula, mas acabei me afeiçoando, creio que porque sou um homem flexível. Se eu pensava em me tornar pai, disse a mim mesmo, precisava ser capaz de contar histórias ao meu filho ou à minha filha. Não sei se fui bom estudante, porque eles jamais me deram notas, mas pelo menos aquilo serviu para me fazer ler. Nunca gostei de romancistas, mas sim de alguns poetas e, definitivamente, de ensaístas: sr. Michel de Montaigne, sr. Rousseau, sr. Chesterton, sra. Woolf. Mas fui cativado acima de tudo pelos clássicos. Li-os todinhos — palavra de honra. Meu favorito é Gaius Suetonius Tranquillus, cujo *A vida dos doze Césares* ainda consulto, como um oráculo, todas as noites antes de dormir.

Quando já estou na cama, com os cobertores puxados até o pescoço, enfio minha mão direita por baixo do travesseiro e tiro de lá o livro, como um caubói sacaria uma pistola de debaixo do travesseiro, apenas um pouco mais lentamente. Então eu fecho meus olhos e, usando as duas mãos, abro o livro e o levanto sobre minha cabeça, deixando suas páginas suspensas sobre mim. Então eu o trago devagar para mais perto do meu rosto, até que meu nariz toque a borda das páginas e escorregue por entre duas delas. Estas são as páginas que leio. Costumo anotar a data em que as leio na margem. Em 16 de agosto de 1985, por exemplo, escrevi: "Serei como Octavius Augustus quando for mais velho". E sublinhei o parágrafo que havia lido:

> Seus dentes eram pequenos, poucos e deteriorados [...] suas sobrancelhas se uniam acima do nariz; ele tinha orelhas de tamanho normal, um nariz que era proeminente na região superior e curvado na ponta, e uma compleição intermediária entre morena e clara [...] Diz-se que seu corpo era marcado por manchas de vários tipos — uma constelação de sete marcas de nascença no seu peito e na barriga, correspondendo exatamente à Ursa Maior, e diversas nódoas secas e duras, indicando a presença de micose, causada por uma comichão na pele e um uso exageradamente vigoroso do estrígil durante os banhos...

No dia 19 de setembro de 1985 a Cidade do México tremeu forte, como tinha vaticinado Julián Herbert, o astrólogo do *Diario Ecatepec*. Poucos minutos depois, nasceu Sidarta Sánchez Tostado. Foi esse o nome que a Magra deu ao nosso filho. Eu gostava do nome Yoko, porque sempre me interessei pela cultura japonesa e pelos Beatles. Mas como nasceu menino, tive que aceitar a escolha da Magra. Era o que tínhamos combinado. Sidarta nasceu saudável e sem sinais particulares. Não diria que saiu bonito, mas tampouco era feio. Fim de comentário.

Quando Sidarta já engatinhava e a Magra finalmente tinha saído da depressão pós-parto, convidei meu amigo Cachorro para jantar no nosso apartamento. A visita foi até agradável, e rememoramos com saudade os velhos tempos, até que a Magra serviu o café e o Cachorro me contou que tinha se encontrado dias antes com Hochimin, o segurança substituto que conversava demais. Ele estava numa cantina, usando um terno caro e em companhia ilustre.

Como ele fez isso?, perguntei.

Virou leiloeiro, respondeu.

Assim do nada?, perguntei, engolindo com esforço o café.

O Cachorro me explicou. O que aconteceu, parece, foi que, quando eu deixei o trabalho na fábrica, Hochimin pediu ao Gerente que o autorizasse a fazer um curso e se preparar para um caso de crise do pessoal, acho que porque queria ser como eu. Só conseguiu ser mandado para um curso de Primeiros Socorros, mas o malandro sem-vergonha aproveitou as horas livres que a autorização lhe proporcionava para se matricular num curso de leiloeiro, no bairro coreano da Cidade do México, a Zona Rosa. Um mês depois tinha pedido demissão na fábrica e começado a leiloar carros. Estava indo muito bem. Melhor que todos nós juntos, disse o Cachorro.

No dia seguinte, peguei o metrô até o bairro coreano e comecei a percorrer as ruas em busca de algum letreiro que anunciasse leilões, leiloeiros ou qualquer coisa que tivesse a ver com o assunto. Após várias horas de busca infrutífera e com a alma devastada pela fome, entrei num restaurante e pedi um kimchi, especialidade da casa. Num canto do salão, um jovem que parecia um fantasma tocava violão e cantava uma canção, dessas grudentas, sobre um homem que perde de vista uma mulher na estação de metrô de Balderas.

Fiquei folheando o jornal, tentando driblar os ataques implacáveis de melancolia que sobrevêm quando se fazem refeições fora de hora. Eu tinha me acostumado a encarar o jornal sem ler, especialmente quando me encontrava absorvido pela autopiedade que vinha com minhas repetidas rejeições no mundo da dança e do teatro. O fracasso de outras pessoas e também o sucesso de outras pessoas sempre me fazem colocar minha própria sorte em perspectiva. Naquele dia li uma matéria sobre um certo escritor local cujos dentes haviam sido todos substituídos. Esse escritor, ao que parece, tinha condições de pagar pelos novos dentes e pela cara operação porque havia escrito um romance. Um romance! Enxerguei meu futuro, claro como água. Se aquele escritor tinha consertado os dentes por causa de um livro, eu podia fazer o mesmo. Ou, melhor ainda, eu podia conseguir alguém para escrever um para mim. Cortei o artigo do jornal e o guardei na carteira. Ainda o mantenho sempre comigo, feito um talismã.

Já disse que sou um homem de sorte. Quando eu já havia terminado de comer e estava caminhando em direção à porta para deixar o restaurante, meus olhos foram parar num letreiro colado numa das paredes do local. Numa letra bonita vi o chamado do meu destino: "A arte de leiloar. Sucesso garantido. Técnica Yushimito". Enquanto a garçonete trazia minha conta, anotei o endereço num guardanapo.

O curso intensivo de iniciação à arte do leilão era ministrado todos os dias, das três da tarde às nove da noite, durante um mês, no quarto dos fundos da Hair Karisma, uma barbearia nipo-coreana na rua Londres. O professor, de origem japonesa, era conhecido como Mestre Oklahoma, porque era lá que ele havia estudado para ser leiloeiro. Seu nome verdadeiro era Kenta Yushimito, e seu nome ocidental, Carlos Yushimito. Era um homem de grande envergadura, elegância e distinção; o exemplo vivo do comedimento.

A dignidade que me caracteriza, assim como a lealdade ao meu professor e ao ofício, não me permite revelar os segredos da arte do leilão. Mas uma coisa da Técnica Yushimito eu posso explicar — algo que provém de uma combinação de retórica clássica e teoria matemática da excentricidade. De acordo com Mestre Oklahoma, há quatro tipos de leilões: circulares, elípticos, parabólicos e hiperbólicos. A vertente a que cada leilão pertence é determinada, portanto, pelo valor relativo da excentricidade (ípsilon) do discurso do leiloeiro; ou seja, o valor da separação de sua seção cônica em relação a uma dada circunferência (o objeto a ser leiloado). A escala de valores é a seguinte:

O ÍPSILON DO MÉTODO CIRCULAR É IGUAL A ZERO.
O ÍPSILON DO ELÍPTICO É MAIOR QUE ZERO MAS MENOR QUE UM.
O ÍPSILON DO PARABÓLICO É IGUAL A UM.
O ÍPSILON DO HIPERBÓLICO É MAIOR QUE UM.

Com o tempo, desenvolvi e acrescentei mais uma categoria aos métodos de leilão do Mestre Oklahoma, mas só a pus em prática muitos anos depois. Trata-se do leilão alegórico, cuja excentricidade (ípsilon) é infinita e não depende de variáveis contingentes nem materiais. Tenho certeza de que meu mestre teria aprovado.

Durante o nosso primeiro encontro, Mestre Oklahoma sentou-se numa cadeira de cabeleireiro de frente para nós e, para demonstrar o método parabólico, leiloou uma tesoura. E teve sucesso, contando uma história breve e singela sobre as origens do objeto. Embora todos os presentes, ali sentados à sua frente com cadernos e lápis na mão, estivéssemos totalmente conscientes de que éramos seus alunos, e não um grupo de compradores de qualquer tipo, dado que já tínhamos pagado o preço exorbitante do curso, o professor tirou da gaveta uma tesoura e fez nossas cabeças até que um de nós, o sr. Morato, puxou a carteira e pagou 750 pesos por ela.

O mais importante na vida, dizia Mestre Oklahoma ao final de cada sessão, é ter um destino. Ele inspecionava nossos rostos com um olhar insondável e um esboço de sorriso. Depois, contávamos até oito em japonês, respirando fundo de olhos fechados, e a sessão estava terminada. Despedíamo-nos reverentemente dele e dos nossos colegas com uma inclinação de cabeça.

Eu tinha um objetivo claro, um destino: queria ser leiloeiro para poder refazer os meus dentes, como aquele escritor com seu livro. Queria refazer os dentes, antes de mais nada, para poder largar a Magra, que definitivamente ia ser para sempre uma gorda infame. E depois, para me casar com outra — talvez a Vanesa, ou a María, ou a Verónica, as três estudantes mais bem-feitinhas do curso.

A Magra havia se tornado uma abusadora repressiva. Sempre me obrigava a fazer xixi sentado, para não salpicar; me mandava dormir na poltrona, porque eu roncava; me proibia de andar descalço, porque meus pés suavam e deixavam rastros no nosso piso laminado. O fato de que ela era a provedora e eu o consumidor havia criado nela uma série de questões a meu respeito. Quando se zangava, ela me chamava de Gustabo ou às vezes Gustapo ou até Gestapo. Em minhas noites de insônia, eu visualizava a Vanesa me chamando de Rei; a María, de Boneco; a Verónica, de Tigre. Ficava rodando na cama, inquieto e acelerado — rei, boneco, tigre, rei —, pensando no meu brilhante futuro como leiloeiro; nos meus futuros dentes.

Minha perseverança, discrição e disciplina no curso do Mestre Oklahoma me proporcionaram uma bolsa para fazer um curso de aperfeiçoamento de seis meses na escola de leiloeiros do Missouri, nos Estados Unidos. A bolsa para Nova Jersey, a mais cobiçada, foi ganha pelo sr. Morato, o da tesoura. Não lhe guardo rancores; provavelmente mereceu. O curso do Missouri não atendeu às minhas expectativas porque se concentrava em leilões de gado, mas valeu a pena porque voltei dos States falando bastante bem o inglês. Além do mais, foi durante essa estadia no Missouri que concebi e desenvolvi a teoria da minha técnica alegórica. A técnica é produto do meu gênio, claro, mas me inspirei nos sermões diários do nosso grande mestre leiloeiro e cantor country Leroy Van Dyke. Só de dizer esse nome, sinto vontade de ficar em pé e aplaudir. Eu discordo completamente do meu tio-avô Juan Sánchez Baudrillard quando diz que "os americanos podem não ter identidade, mas têm dentes maravilhosos". Van Dyke tinha tanto uma identidade forte quanto bons dentes.

Mestre Van Dyke compôs o hino do nosso ofício, a canção "The Auctioneer", que conta a história de um menino de Arkansas que quer aprender a ser leiloeiro e fica treinando todos os dias no estábulo da sua granja, em frente aos animais. Então, quando seu pai e sua mãe percebem que tem talento, o mandam para a escola de leiloeiros, onde ele se torna um leiloeiro de pleno direito.

Ouvindo Leroy Van Dyke cantar "The Auctioneer", que além do mais é o tema musical do meu filme favorito, *What Am I Bid?*, encontrei o estímulo para desenvolver e aperfeiçoar os detalhes conceituais da minha técnica alegórica. Eu tinha notado que existia um vazio na minha profissão; cabia a mim preenchê-lo. Nenhum leiloeiro, por mais hábil que tivesse a língua para a recitação trepidante dos números, ou por mais perito que fosse na manipulação do valor emocional e comercial das coisas, sabia dizer coisa nenhuma a respeito dos seus objetos; porque não os entendia ou porque não estava interessado neles por si só, apenas em seu valor de troca. Finalmente entendi a frase que o Mestre Oklahoma certa vez nos dissera com uma tristeza resignada: "Nós, leiloeiros, somos simples arautos assalariados entre o paraíso e o inferno da oferta e da demanda". Eu, no entanto, estava prestes a restaurar a arte do leilão. Sepultaria a palavra "arauto" no passado remoto da profissão com o meu novo método. Eu não era um vil vendedor de objetos, e sim, antes de mais nada, um amante e colecionador de boas histórias, que é a única maneira realmente honesta de modificar o valor de um objeto. Fim da declaração.

Voltei dos States preparado para devorar o mundo e trilhar o caminho que vai em direção aos meus novos dentes. A primeira coisa que fiz foi organizar um leilão particular na minha casa. Leiloei alguns móveis da Magra por um preço que me possibilitou comprar móveis novos para mim, e o que sobrou deu para pagar os primeiros seis meses de aluguel de um apartamento. Nunca mais voltei a vê-la, graças a Deus, mas tampouco voltei a ver Sidarta durante muitos anos, e desconfio que desde então alguma coisa morreu no meu peito.

Concentrei minha atenção na vida profissional. Comecei leiloando móveis no bairro de Portales. Depois conheci Angelica. Leiloei carros em Cuernavaca. Conheci Erica. Comecei a viajar cada vez mais. Nessas viagens, passei a colecionar objetos que comprava nos leilões a preços bastante razoáveis. Leiloei antiguidades por toda a Europa; imóveis na Califórnia; memorabilia em São Paulo. Continuei leiloando. Conheci Esther — e assim foi indo, até que a próstata etc., e aí paro de contar as mulheres, mas não os leilões. Leiloei joias, casas, arte antiga, arte contemporânea, vinhos, gado, bibliotecas e vastos patrimônios confiscados do narcotráfico. Forrei os bolsos, desfalcando milionários com um golpe de martelo: dou-lhe uma, dou-lhe duas, dou-lhe três.

Mas não sou nenhum fanfarrão. Calculo que poderia ter comprado dez apartamentos em Miami ou em Nova York, mas decidi comprar dois terrenões, um ao lado do outro, em Ecatepec, o bairro da minha infância, na bonita rua Disneylandia; temos que investir em imóveis nacionais. Acho que, somando as duas propriedades, são vários hectares, mas nunca fiz a conta porque também não sou mesquinho. Num dos terrenos construí uma casa de três andares, sem esquecer de deixar vergalhões suficientes para expansões, e sem sonegar impostos, como a maioria faz no México. No terreno adjacente, fiz um depósito onde fui guardando todos os objetos que colecionava ao longo da vida. Em frente ao depósito fiz a minha casa de leilões. Um dia iria construir uma ponte pênsil para ligar os dois espaços; já tinha o projeto. Depois ia inaugurar publicamente a casa de leilões, que se chamaria, em homenagem aos meus professores, Casa Oklahoma-Van Dyke. Só o que faltava era que a prefeitura aprovasse o uso do solo — o que sempre aconteceria "mañana".

Não seria elegante da minha parte terminar de contar minha história elaborando uma lista dos triunfos que meu árduo treinamento e, por que não, meu talento natural para comandar leilões conquistaram tanto para mim como para a minha comunidade. Só quero deixar por escrito um registro biográfico de que foi durante uma viagem de fim de semana a Miami para leiloar carros que chegou inesperadamente o dia derradeiro da longa luta contra a infâmia em que nasci e cresci. Um domingo à noite, depois de ter recebido um cheque fornido por ter leiloado com sucesso 37 picapes, fui com uns colegas a um leilão de memorabilia contrabandeada num bar de caraoquê em Little Havana. Meus colegas tinham conhecido algumas moças aparentemente encantadoras na noite anterior e ficaram de encontrá-las lá. Prometeram que ia valer a pena. Eu, aos domingos, não faço sacanagem nem negócios, mas resolvi ir com eles. Para minha tranquilidade, as quatro moças que surgiram pareciam um tanto abatidas.

Quando começou o leilão, pensei que não teria a tentação de comprar nada, pois a memorabilia que se estava oferecendo era claramente de última categoria: um relógio de não sei qual político americano, uns charutos de não sei qual cubano milionário, as cartas de um escritor, acho que desconhecido, que viajou para Cuba nos anos 1930. Não estava com intenção de detonar a minha conta, mas, sem o menor aviso, o deus das pequenas coisas pôs o paraíso na minha frente. E o paraíso é caro. Quem diria: ali mesmo, nas profundezas da solidão domingueira de um leilão em Little Havana, eu os encontrei: os meus novos dentes.

Numa caixinha de vidro que o leiloeiro segurava no alto, estavam à minha disposição os sagrados dentes de ninguém menos que Marilyn Monroe. Isso mesmo, os dentes da diva de Hollywood. Pareciam talvez um pouco amarelados, imagino que porque as divas fumam. Houve tensão e nervosismo quando o leiloeiro fez a primeira oferta. Várias damas decaídas os cobiçaram, inclusive uma das moças. Um homem gordo e fora de moda expôs vulgarmente uns maços de notas em sua mesinha alta e se levantou para acender um charuto, creio que para nos intimidar. Mas eu fui obstinado e ganhei: levei os dentes, meus dentes.

Foi tanta a habilidade que revelei para obtê-los que uma das moças — a mais horripilante das quatro, mulher com uma cabeleira dura de tão tingida e bochechas um pouco caídas — escreveu uma crônica sobre o leilão que apareceu no *Miami Sun*. Evidentemente invejosa do meu sucesso, porque também queria os meus dentes, fez uma resenha concisa e tergiversada. E eu com isso? Deus dá pão a quem não tem dentes, pensei; afinal, a partir daquele momento eu ia comer com os dentes de Marilyn Monroe. Assim que voltei para o México, cada um dos dentes que pertenceram à Vênus da tela grande foi transplantado para a minha boca por um médico de renome internacional: o célebre dr. Luis Felipe Fabre, dono do melhor consultório e distribuidor odontológico da Cidade do México, "Il Miglior

Fabbro," me implantou os novos dentes. Guardei dez dos antigos, por via das dúvidas, para depois.

Desde o momento em que saí da operação, e durante muitos meses, não conseguia parar de sorrir. Mostrava a todos a estrada infinita do meu novo sorriso e, quando passava em frente a um espelho ou a uma vitrine na rua que refletisse a minha imagem, levantava o chapéu cavalheirescamente e sorria para mim mesmo. Meu corpo magro e desajeitado, assim como minha vida um pouco sem rumo, tinha adquirido um novo brio com os novos dentes. Minha sorte não tinha equivalente, minha vida era um poema, e eu estava certo de que um dia alguém iria escrever o belo relato da minha autobiografia dental. Fim da história.

在一個人的頭上的每一個齒比鑽石更有價值。

[Cada dente na cabeça de um homem
vale mais que um diamante.]

LIVRO II: AS HIPERBÓLICAS

A conexão regular entre o sinal, seu sentido e sua referência é tal que ao sinal corresponde um sentido determinado e ao sentido, por sua vez, corresponde uma referência determinada, enquanto a uma referência (a um objeto) não deve pertencer nem apenas um único sinal.

GOTTLOB FREGE

Por volta de 2011 os mexicanos tinham perdido a cabeça. Todo mundo estava em guerra com todo mundo, e havia um clima geral de antagonismo e amargura — uma sensação de que estávamos vivendo à beira do desastre. Fazia algum tempo que eu estava sem leiloar, acho que porque os mexicanos são como caranguejos numa vasilha — e isso não requer mais explicações. Minhas habilidades definhavam, a serviço de nada e de ninguém. Também tinha parado de viajar, principalmente porque percebi que, apesar dos mexicanos, que fazem de tudo para arruinar o que quer que seja, o México é glorioso. Creio que fora do México só Paris se destaca; mas, mesmo nesse caso, todo mundo sabe que Paris perde fácil para Campeche. Fim de comentário.

Em vez de desperdiçar meu dinheiro em viagens, eu dedicara os últimos anos a colecionar histórias e objetos que o acaso me trazia ou que eu achava no ferro-velho do bairro, um belo estabelecimento cujo dono, meu amigo Jorge Ibargüengoitia, me dava um tratamento especial por ser um cliente fiel. Somando o que eu havia colecionado nas viagens internacionais com as minhas novas coleções locais, tinha um pecúlio admirável. Sabia que algum dia iria fazer um grande leilão na minha própria casa, oferecendo meus tesouros às pessoas que os merecessem; gente fina e de muita envergadura. Mas tudo isso ainda estava no futuro, e eu sou um homem paciente. Eu precisava terminar a ponte pênsil que ligava o depósito à casa de leilões, tinha que obter a autorização para o uso de solo, tinha que conseguir cadeiras confortáveis para os compradores e, principalmente, faltava contratar alguém para fazer o meu catálogo de colecionáveis.

Para o homem de sorte, até galo bota ovo, diz Napoleón. Num dia de verão, o padre Luigi Amara, pároco da igreja de Santa Apolônia, veio me oferecer ajuda. Ou assim pensei. Explicou-me que sua igreja estava em recessão econômica por causa dos efeitos colaterais da crise mundial. Necessitava urgentemente dos meus serviços de leiloeiro e me propôs um projeto que, como me prometeu, também me compensaria — tanto espiritual quanto materialmente. E — para que mentir? — a crise mundial também tinha me afetado um pouco, e eu estava precisando do dinheiro que o padre Luigi me garantiu que ganharíamos se uníssemos nossas forças para organizar um leilão de colecionáveis em sua igreja.

O plano do padre Luigi era simples. Uma vez por mês, a igreja de Santa Apolônia oficiava um serviço para os residentes do asilo de anciãos do bairro, denominado Sereno Entardecer, ou talvez Doce Entardecer, ou talvez só Entardecer — de todo modo, um nome desses, deprimente e previsível. No domingo seguinte seria a missa mensal dedicada aos velhinhos. A maioria dos residentes, segundo o padre Luigi, era de família abastada. Longevos mas solventes, disse. Tínhamos que aproveitar ao máximo o foro e o contexto da missa para tirar uns "moneys" deles — disse assim, em ianque e no plural. Venderíamos aos senis porém abonados fiéis uma seleção dos meus colecionáveis, a fim de arrecadar recursos para mim e para a paróquia: 30% para mim, 70% para a igreja.

A princípio achei um pouco injusto, considerando que o padre Luigi só estava oferecendo a igreja e, de um modo bastante mais remoto, seus adquirentes, os quais, embora muitos, já estavam caducos e achacosos. Com aquele público, as chances de ter um bom leilão eram próximas de zero. Mas o padre me exortou a pensar nas almas decrépitas que iria alegrar com a minha presença, e a salvar a minha própria boa alma. Não tenho muita certeza de que existe o inferno, mas sou daqueles que pensam que é melhor prevenir que remediar, sim senhor. Além do mais, o padre Luigi concordou sem objeções que eu fizesse um leilão de tipo hiperbólico, que era o mais ad hoc às circunstâncias.

Claro, Estrada, disse ele. As hipérboles são um eficaz veículo de transmissão do grande poder do Espírito Santo.

Expliquei-lhe que o que eu queria dizer era que podia contar uma série de histórias cujo grau de separação do valor da seção cônica dos objetos correspondentes fosse maior que zero. Em outras palavras, como o grande Quintilian certa vez dissera, usando minhas hiperbólicas, eu podia restaurar o valor de um objeto por meio de "uma elegante superação da verdade". Isso significava que as histórias que eu contaria sobre os objetos seriam todas baseadas em fatos por vezes exagerados ou, para dizer de outro modo, *mais bem explicados*. Mas o padre Luigi, como todos os homens do seu ofício, costuma ficar alheio quando o que se diz não corresponde ao que ele acha que se deve dizer.

Passei alguns dias refletindo sobre a coleção mais adequada para leiloar diante de um público de compradores macróbios. Fui caminhar em torno ao meu armazém, fiz anotações e, é claro, busquei inspiração no meu tomo de Gaius Suetonius Tranquillus. Em um daqueles mesmos dias — serendipidade, sorte — li um artigo sobre um leilão em que venderam um molar que pertencera a John Lennon. Aparentemente, a empregada de Lennon, uma tal Dot Jarlett, tinha guardado o objeto por mais de meio século e finalmente decidira vendê-lo à Omega Auction House. Embora tivesse um lance de abertura estabelecido em 16 mil dólares, a peça fora vendida por 32 mil. Um golpe de gênio nada mais é que juntar A com B: eu me lembrei de que entre meus colecionáveis estavam meus velhos dentes. Não sou um homem ingênuo, sabia muito bem que meus humildes dentes não tinham, nem por milagre, o mesmo valor que o molar de John Lennon, mas aplicando meu método hiperbólico eu podia aumentar consideravelmente seu valor. Para cada dente, eu contaria a história hiperverdadeira de uma das minhas pessoas preferidas, no mesmo estilo com o qual Suetonius escrevia seus perfis. Afinal, como diz Quintilian, uma hiperbólica nada mais é que "uma fissura na relação entre estilo e realidade".

Ofereci minha coleção e expliquei meu plano ao padre Luigi. Ele concordou sem demonstrar grande interesse, fosse pelos detalhes fascinantes dos meus dentes, fosse pela história do molar de John Lennon. Assim são os homens públicos, incluindo os padres: estão com a cabeça tão ocupada consigo mesmos que não sentem nenhuma curiosidade pela vida dos outros.

Tive um último momento de dúvida e reticência antes de fechar o trato. Não ia ser fácil para mim expor publicamente uma joia tão valiosa da minha coleção. Além do mais, eu teria preferido guardar o lote para quando fizesse o meu grande leilão. Mas afinal aceitei, claro, porque não sou um cara miserável. E também porque me lembrei de uma tarde resplandecente em que eu havia lido sobre um leilão em que um pretoriano havia leiloado, depois da morte do imperador Pertinax, no ano de 193, o Império Romano inteiro. À luz da história, seria uma falta de decoro não aceitar o pequeno desafio que o destino punha diante de mim. Fim de declaração.

No dia anterior ao leilão, um mensageiro levou a coleção de dentes para a igreja, onde as peças passariam a noite. O padre Luigi veio me buscar bem cedo na manhã seguinte. Eu me sentia agitado e fraco por causa da falta de sono. Tinha permanecido acordado durante a noite inteira, com insônia, provavelmente porque havia sido noite de lua cheia. Imagino que o padre interpretou minha aparência como sinal de nervosismo devido ao iminente leilão.

Nervoso?, perguntou-me ele, enquanto saíamos pelo portão monumental.

Nem um pouco, respondi, minhas mãos tremendo como um par de maracas.

Caminhamos num silêncio tão difícil de interpretar que preferi não rompê-lo. Como ficamos com fome no meio do caminho, compramos um *atole* de morango na barraca da dona Magalita e o fomos sugando estrondosamente até a paróquia. Já em frente à porta da igreja, o padre Luigi — com o bigode colorido nas pontas pela bebida rosa — voltou a insistir.

Não vai dar para trás, não é?

Não me confunda, padre, sou um homem firme.

Olhe, Estrada, não vai ser fácil, mas pense que você precisa salvar esta igreja do capitalismo selvagem que nos acossa, certo? E de quebra ainda limpa a sua alma. Entendido?

Entendido, padre. Mas para que tanta cerimônia?

Cerimônia nenhuma. Só quero que saiba que toda essa gente vem aqui ver você, Estrada, e eles esperam muito. Talvez não saiba disso porque vive trancado na sua torre de marfim, mas você é uma lenda para muitas pessoas. Todo mundo aqui o conhece.

Isso me enche de orgulho, padre. Continue, continue, não se reprima.

Mas deveria considerar, Estrada, que talvez algumas pessoas não morram de amores por você. Todos o conhecem, e alguns o admiram, mas alguns não gostam nem um pouco de você; talvez algumas o odeiem.

Eu já desconfiava que ele estava dourando a pílula. Pessoas como quem, por exemplo?

Como seu filho.

O Sidarta vem?

Claro.

Mas o senhor me disse que só viriam velhos ricos para comprar dentes. Foi isso que combinamos.

É, mas quando soube que você estaria vendendo parte de sua lendária coleção, ele quis vê-lo. Você provoca curiosidade.

Tragam os violinos!

Eu temia que você dissesse algo assim.

O que esperava? Sou um leiloeiro sério. Não venho aqui me fazer de palhaço para ninguém.

Ninguém está dizendo isso, calma. Só não esqueça que esta igreja está em crise.

Você já me disse isso.

Então, Estrada, está pronto?

Estou, vou até esfriar, padre.

Muito bem, Estrada.

Só mais uma coisa, padre. O senhor conhece a história de Chapeuzinho Vermelho ao contrário?

Como?

Eu sempre a recito antes dos leilões: desintumesce a língua e lubrifica a mandíbula. Talvez queira recitar comigo.

Como é?

Só isto: vataes a nhozipeucha donhanmica lope quebos, la--la-tra, la-la-tra, doquan de tepenre, zaz!, o bolo.

Muito bem, Estrada, muito bem. Se quiser continue sozinho, e quando forem dez e quinze entre na igreja pela porta da sacristia. A essa hora vou estar dando a comunhão. A missa acaba às dez e meia. Na sacristia você vai ser recebido por um coroinha que lhe dará um contrato para assinar; mera formalidade. Depois, ele o leva até o púlpito de onde você vai comandar o leilão. Certo?

Tocer, padre.

Isso.

Escute, padre, ele é um bom rapaz?

Quem? Sidarta? É trabalhador.

O que faz?

É uma espécie de segurança, como você foi. Trabalha como curador na galeria de arte que fica ao lado da fábrica de sucos, não na própria fábrica.

Veja só. Meu pai sempre dizia que a genética é uma ciência cheia de deuses.

Bem, já é tarde, tenho que entrar na igreja e me preparar, Estrada. Tudo combinado?

Posso lhe dizer só uma última coisa, padre?

Diga.

Com todo respeito, e sem intenção de nenhuma zombaria, tem *atole* no seu bigode.

O padre Luigi desapareceu sob o arco do pórtico, alisando o bigode e a barba com a mão envolvida numa ponta da batina. Até o relógio marcar dez e quinze, continuei recitando a sós a história invertida de Chapeuzinho Vermelho, dando voltas na praça quase deserta em frente à igreja: Deon vai nhozipeucha, deon vai? Vou rapa a saca da nhazivovo.

Entre os fiéis que iam entrando em pequenos grupos pela porta, distingui de repente o rosto de Sidarta: o rebento era igualzinho a mim. Não o via desde que largara a Magra — aquela cachorra tinha proibido. Mas, isso sim, nunca deixei de cumprir o meu dever: todo mês mandava o cheque para o sustento do menino, até que meus cálculos somaram dezoito e parei de mandar o dinheiro — também não é o caso de criar manteúdos.

Seguindo-o com o canto do olho, vi Sidarta entrar pela porta da igreja e comecei a me sentir um pouco tonto. Suor frio nas palmas das mãos, tremor nas virilhas e nas nádegas, vontade de urinar e de sair correndo. Era possível que a presença do meu próprio filho me perturbasse daquela forma? Sentei-me numa jardineira e conjurei a imagem dos meus mestres, o Mestre Oklahoma, Carlos Kenta Yushimito e o inigualável Leroy Van Dyke. Sou um homem com pedigree, pensei, respirando fundo. Sou um memho de greedipe, disse em voz alta. Sou o inigualável Estrada. Datraes! Sou o melhor leiloeiro do mundo, não fui um mau pai, posso imitar Janis Joplin depois da segunda rodada, sei deixar um ovo em pé, como Colombo, sei boiar de costas. Oklahoma havia leiloado uma tesoura; e o pretoriano, Roma. Eu, sendo evidentemente dessa mesma excelsa linhagem, podia leiloar meus preciosos dentes. Ichi, ni, san, shi, go, roku, shichi, hachi: E tãoen, o bolo goupe o nhomica mais tocur rapa a saca da nhazivovo... e a meuco nhadito!

Na sacristia estava me esperando um coroinha alto, topetudo e magro que se identificou como Emiliano Monge. Mostrou-me um contrato, que eu devia assinar e rubricar. Ignorando a redação intrincada, assinei as páginas do contrato uma por uma e depois fiquei fazendo helicópteros com a caneta até que o coroinha reapareceu e me indicou com a mão que entrasse.

A igreja estava entupida de gente. O cheiro intenso de talco dos velhos chamou minha atenção. Imagino que os muito velhos, assim como os muito novos, usam talco. Ao deixar a sacristia e avançar para o púlpito, inspecionei a sala com um longo olhar protegido pela mão direita, mas não cheguei a distinguir Sidarta no meio daquela multidão atenta. Eu estava um tanto ansioso para vê-lo, para que ele me visse, para impressioná-lo. Atrás do púlpito, aonde subi ainda irresoluto, estava a minha coleção de dentes, enfileirada sobre uma longa mesa de metal. Dei-lhes as costas com certa tristeza. O padre Luigi se aproximou de mim e, passando-me um braço pelo ombro, sussurrou no meu ouvido, com um ímpeto de treinador de futebol: É agora, campeão.

Respirei fundo e comecei: Estimados fiéis da igreja de Santa Apolônia. Neste dia de hoje a nossa congregação apela para a sua generosidade, esforço e compromisso. Mas as palavras saíram num tom que parecia o de um político cujo auge houvesse ficado para trás. Tentei modular minhas inflexões, falar com entusiasmo, oferecendo um sorriso amplo e dentígero ao meu público. Temos aqui peças valiosíssimas, porque cada uma delas encerra em si uma história cheia de pequenas aprendizagens, e no conjunto nos recordam o verdadeiro sentido de uma das máximas mais importantes das Sagradas Escrituras: "Olho por olho, dente por dente". Esse famoso ensinamento não é um chamado à represália vingativa, como muitos pensam, mas um convite a fazer jus aos detalhes das coisas. Deus está nos detalhes da dentadura. Fiz uma pausa para os aplausos. Mas o público me olhava com o ceticismo silencioso do gado.

Eu não perdi a concentração, e prossegui, elevando um pouco o tom de voz: Todos os donos originais destes dentes se distinguiram pelo estigma de parasitas sociais, de gente não-quer-nada e faz-pouco; muitos padeciam de demência, megalomania, melancolia, erotomania e egomania aguda. Mas, apesar de todas essas características negativas, eles eram, ao mesmo tempo, possuidores de almas profundas e dentes magníficos. Em outras palavras, como dizia meu tio Miguel Sánchez Foucault a respeito de outro assunto, todos representavam "exemplos de vidas singulares transformadas, por acasos obscuros, em estranhos poemas". Tomados como coleção, os dentes de tais pessoas infames são, como se diz no meu ofício, "uma relíquia metonímica". E não é preciso ser supersticioso para saber que, bem utilizados, certos objetos podem nos transferir suas poderosas qualidades.

Tive de me policiar para não soar exagerado, porque, como sugere Quintilian, ao usar hipérboles, "faz-se necessário usar de certa moderação, uma vez que embora toda hipérbole seja inacreditável, elas não deveriam ser extravagantes, porque é por meio delas que escritores mais facilmente caem em κακοζηλία, ou afetação exorbitante".

Vou contar aos senhores as fascinantes histórias de todos estes dentes e os exorto a que os comprem, levem para suas casas, ponham, usem, ou simplesmente os entesourem para *per secula seculorum*. Quer dizer, para sempre. Caso contrário — exagerei um pouco, em tom ameaçador —, se estas relíquias não encontrarem um dono até o final da jornada, elas serão vendidas no exterior. E era só o que nos faltava: que os outros levem o pouco que ainda temos.

Notei que, com este último argumento, embora fosse um pouco falso, eu finalmente tinha começado a capturar o coração cardenista, socialista e nacional-reconstrutivo dos meus velhinhos. Sem mais preâmbulos, dei meia-volta, avancei em direção às minhas dentaduras colecionáveis, peguei nas mãos o primeiro lote, segurando-o no alto enquanto voltava para o púlpito, como uma pitonisa em pleno transe délfico, e comecei a anunciar meu pregão com a destreza e a graça que só os melhores da minha estirpe possuímos.

Lote hiperbólico nº 1

> Nosso primeiro lote é uma peça em estado um pouco deteriorado, mas, considerando sua antiguidade, as condições gerais são boas; aliás, pode-se dizer até excelentes. A ponta apresenta achatamentos, razão pela qual se suspeita que seu dono original, o senhor Platão, comia e falava sem parar. Ele media um metro e sessenta e cinco centímetros de estatura e oitenta e cinco centímetros de largura: tinha um tamanho médio, mas era robusto, com porte de lutador. Tinha barbas longas, algodoadas, de cor bege; uma copiosa cabeleira do mesmo tom e textura. Ignorava as convenções da moda: usava toga solta e sem cinto. Não usava sandálias.
>
> O senhor Platão comparou uma vez a dentição ao amor. Disse: "Neste estado, a alma entra em efervescência e irritação; e essa alma, cujas asas começam a desenvolver-se, é como a criança, cujas gengivas estão irritadas e embotadas pelos primeiros dentes". Que bonito, não acham?

Fiz alguns instantes de silêncio para surtir mais efeito. O frescor da manhã começava a entrar na igreja pelo grande portão principal. Tive a impressão de que um raio de luz divina baixava do céu, iluminando milagrosamente o púlpito. Ergui os olhos e logo divisei o coroinha Monge em cima de um balcão da nave central da igreja, me iluminando com um refletor. Não era luz divina, mas ainda assim a luz do refletor me encheu de inspiração. Respirei fundo: Senhoras e senhores, quem dá mais pelo dente cavernoso do primeiro infame?

Uma tímida mão se levantou no fundo da igreja: mil pesos. Seguiu-se outra, mais operosa: mil e quinhentos. E outra, e outra, e outra. O exemplar acabou sendo vendido por cinco mil pesos. Nada mau, para aquecer os motores. Quem comprou foi uma velha miúda, vestida opulentamente. Quintilian explica que "existe em todo homem uma propensão natural para ampliar ou atenuar o que vê à sua frente, e ninguém se contenta com a verdade exata". Acredito que esse é o motivo pelo qual o dente mais estragadinho da minha coleção foi vendido por um preço tão alto. Limpei a garganta e continuei com minha infâmia.

Lote hiperbólico nº 2

O dono deste molar, originário da África do Norte, tinha estatura média, braços lânguidos, pele lisa. Não há consenso sobre sua cor de pele, que uns dizem ter sido negra e outros, branca. Na minha opinião, ele definitivamente era negro. Chamava-se Agostinho de Hipona, e no topo de sua cabeça ficava uma área careca semelhante à boca de um vulcão. Se tivéssemos tido a chance de investigar as entranhas desse vulcão, teríamos encontrado uma das memórias mais prodigiosas que gerou a união da mãe Natureza com Deus pai. Essa memória, cuja escotilha inferior era este dente que aqui vemos, foi certa vez comparada pelo próprio senhor Agostinho a um campo aberto, de extensão infinita, onde ficavam as cópias de todas as impressões que entravam através dos sentidos, assim como suas muitas variações. Também ficavam lá as coisas que lhe haviam pedido, os abstratos números da matemática, as recordações de si mesmo quando mais jovem, falsas e verdadeiras. E até, nos pontos mais remotos, todas aquelas coisas que pareciam esquecidas mas não estavam.

Estão vendo esse buraco na coroa da peça? Se tivéssemos podido entrar por esse orifício e subir pelo labirinto de canais que conectam a boca ao crânio onde se abrigam os dentes, num dos recintos mais remotos do cérebro encontraríamos a lembrança de um jovenzinho estudante de retórica, o próprio Agostinho, padecendo de uma dor de dentes que o mortifica sobremaneira. O jovenzinho está rodeado de familiares e amigos, e todos pensam que ele vai morrer logo, porque sua dor é tanta que não consegue sequer abrir a boca para explicar o que o atormenta. Em certo momento, reúne forças e, numa tabuleta de cera, escreve: Rezai por minha saúde. Os amigos e familiares rezam, e então o rapaz se cura. Um milagre. Então ele decide entregar sua vida a Deus por meio de um livro que começa a escrever poucos anos depois, suas famosas *Confissões*. É isso mesmo, esse senhor escreveu as *Confissões* por causa da dor que este dente lhe provocou. Quem dá mais pelo dente memorioso de Agostinho de Hipona?

Houve vários interessados. O primeiro ofereceu quinhentos. O seguinte quis oferecer menos em vez de mais e apelou para a minha compaixão, alegando que recentemente fora diagnosticado com demência. Seus colegas de banco rapidamente o silenciaram e o fizeram sentar-se de novo, argumentando que seu caso não era especial. No final, quem levou os dentes de Santo Agostinho foi uma senhora poetisa com cara e corpo de coruja, por três mil pesos. Fui apanhar a terceira peça na mesa que estava atrás de mim e voltei ao púlpito.

Lote hiperbólico nº 3

O dono deste exemplar tinha uma estatura proeminente, proporções harmoniosas e um rosto notoriamente belo. Chamava-se Francesco Petracco, mas se apresentava como Petrarca, creio que porque soava mais patriarcal. Era poeta e compositor. Vagabundo, como todos; inconstante e meloso, mas hábil.

Há poucos anos um grupo de cientistas abriu o túmulo dele, porque o governo italiano queria fazer uma reprodução exata e definitiva do seu rosto para a comemoração dos setecentos anos de morte. Ao reconstruírem os ossos do crânio, os cientistas suspeitaram que aqueles ossos muito provavelmente pertenciam a uma mulher. Mandaram fazer exames de DNA em uma costela e um incisivo. Uns dias depois, o dr. Carameli, chefe da equipe de cientistas, declarou publicamente que os resultados confirmavam suas suspeitas: a cabeça era "apócrifa". Pelo extravio da cabeça culparam o padre Tomasso Martinelli, um religioso pobre do século XVII que além do mais consideraram alcoólatra. Sem maiores provas, decidiram que Martinelli tinha vendido a cabeça de Petrarca a uns interessados para poder comprar umas caixas de vinho. O que nenhum político italiano imaginou foi que talvez o corpo dentro do túmulo tivesse pertencido a outro; e a cabeça, ao senhor Petrarca.

Não me resta a menor dúvida de que este dente é de Petrarca. Uma prova convincente disso é que ele é um reflexo exato de seu caráter. Os dentes são as verdadeiras janelas da alma; são a tábula rasa em que se imprimem todos os nossos vícios e todas as nossas virtudes. O senhor Petrarca se distinguia por um temperamento colérico, uma inteligência afiada e uma fraqueza pelos prazeres sensuais: era mais luxurioso que uma cabra, e é fácil identificar isso ao observarmos a longitude deste canino. Dizem que uma vez ele foi visto na porta da igreja de Santa Clara, observando a passagem das viúvas, solteiras e casadas que iam se encomendar à virgem de Santa Clara a qualquer hora do dia. O homem era um verdadeiro beija-flor. Dizia galanteios, cantava composições constrangedoras de sua própria autoria, estudava os tornozelos e as nucas. Passou anos perseguindo a esposa do proeminente conde Hugo de Sade, a belíssima e discretíssima dona Laura de Noves. Naturalmente, não conseguiu a atenção da recatada dama.

Sabe-se também que esse homem infame tinha o hábito de escrever cartas íntimas para pessoas claramente imaginárias e, o que é ainda pior, pessoas que já estavam mortas. O senhor Petrarca dava aos produtos dessa prática demoníaca o nome de "cartas familiares", e às vezes "cartas senis". Julgo que "senis" fosse mais apropriado que "familiares". Senis ou, eu diria, sem querer ofender aqueles aqui presentes, "dementes": ele escrevia cartas dementes para os mortos. Petrarca colecionava todas as cartas que escrevia. Ao todo, ele chegou a juntar cento e vinte e oito cartas senis e trezentos e cinquenta familiares. Ele era um colecionador ousado, um preguiçoso irritantemente idiota — e brilhante. As profundezas de sua infâmia e seu gênio não têm equivalente, de modo que neste caso sou obrigado a começar por cima: Quem dá mil e quinhentos pesos?

Um homem quase careca, com um pescoço muito magro e cara de cofre-porquinho, ofereceu cem a mais. Observei, quando ele abriu a boca para gritar a quantia, que não tinha um único dente na boca. Ninguém mais levantou a mão. Lá se foi o inciso por mil e seiscentos. O padre Luigi, de pé como um Cérbero junto à fileira dos meus colecionáveis, veio me entregar a quarta peça. E me incitou com as sobrancelhas a continuar.

Lote hiperbólico nº 4

Há muitos anos, este exemplar é um dos mais cobiçados no mercado de colecionáveis orais portáteis. Seu dono era bundudo e miúdo, tinha nariz de bala e uma testa que parecia bunda de porco. A megalomania não teve limites na alma desse infame de baixíssima estatura. Mais de uma vez ele disse: “Estudo a mim mesmo mais que qualquer outra matéria; sou minha física e minha metafísica”. Media apenas um metro e quarenta e sete centímetros. Seu cabelo era ralo e escasso, embora suas ideias fossem robustas e abundantes.

O senhor Montaigne, dono original deste dente, tinha um olhar honesto e sereno. A expressão do seu rosto era entre melancólica e jovial. Sua inaptidão para as atividades cotidianas, porém, atingia limites burlescos: sua letra manuscrita era ilegível, era incapaz de dobrar bem uma carta, não sabia selar um cavalo, nem portar um falcão e fazê-lo voar; não tinha a menor autoridade sobre os cães; nem sabia se comunicar com os cavalos. Portanto, aparentemente era um inútil. Mas um inútil que sempre gozou de boa saúde bucal, com exceção de uma amidalite recorrente. Ele preferia comer carne quase crua, incluindo a de peixe. Não gostava de frutas nem de verduras, exceto melão. Talvez seja por isso que este dente está em tão bom estado. É, além do mais, de uma qualidade sublime: esbelto, fino, ligeiramente pontiagudo. O segredo de sua longevidade? O senhor Montaigne dizia: "*J'ay aprins dés l'enfance à les froter de ma serviette, et le matin, et à l'entrée et issue de la table*". Quer dizer, aprendeu desde a infância a esfregar-lhes um guardanapo de manhã, e também antes e depois do jantar. Quem dá mais pelo dente limpinho de Montaigne?

Uma onda de inusitado entusiasmo se espalhou entre os participantes do leilão. Vendi meu exemplar favorito por seis mil pesos mexicanos. Quem o comprou foi uma velha de rosto esquecível e esqueleto mediterrâneo. Por que será que todas as beldades mediterrâneas se transformam em maracujás quando envelhecem?

Já no final da sessão comecei a me sentir como João Paulo II. Imaginei-me entrando em um estádio lotado, saudando o povo com a mão para o alto. Eu teria sido a inveja de Mussolini, a inveja de Madonna, Sting, Bono, Lennon e do próprio Leroy Van Dyke. Finalmente enxerguei Sidarta — ele estava sentado em um banco mais para o fundo da igreja. Encorajado, comecei o lote seguinte sem titubear.

Lote hiperbólico nº 5

Do senhor Rousseau só se conserva um dente; mas que dente! O nosso adorável infame tinha um rosto aristocrático no qual toda e qualquer gestualidade parecia sufocada por uma consciência vigilante e dominadora. Tinha olhos expressivos e ágeis, mas o olhar não se impunha. Seu senso de humor era dolorosamente infantil, apesar de sua inegável inteligência. Esse senhor usava ombreiras porque quase não tinha ombros. A insuficiência destes, porém, era compensada por um queixo varonil — amplo, quadrado e dividido ao meio por uma covinha — dentro do qual habitava uma dentição sempre invisível para os outros: não a mostrava, de tão feia, nem na intimidade. Ele mesmo era consciente da monstruosidade grosseira dos seus dentes. Era um leitor ávido de Plutarco, de quem aprendeu algumas virtudes e muitos vícios. Em suas *Vidas paralelas*, Plutarco relata que a cortesã Flora nunca se afastava do seu amante sem antes se certificar de que tinha nos lábios a impressão dos dentes dele. Depois de ler isso, o senhor Jean-Jacques também adquiriu o costume de pedir às amantes que o mordessem antes de partir. Mas não correspondia às dentadas porque, como dizia, seus dentes eram "*épouvantables*", quer dizer, espantosos. Ele não estava exagerando.

Como se há de imaginar, o fato de só se conservarem duas peças de Rousseau não se deve aos seus hábitos de higiene, que eram hábitos de um homem decente, mas ao azar que ele teve. O senhor Rousseau passou boa parte da vida caminhando. O passeador bom-para-nada caminhava como se o bem-estar da humanidade dependesse dos seus passos. Um dia saiu para passear e foi atropelado por um cão. Aparentemente, o cachorro passou correndo a grande velocidade e por um instante se enrolou em suas pernas, e o nosso homem famoso voou para a sarjeta que bordejava o caminho e perdeu uma peça dental, possivelmente esta que temos aqui hoje: é tão horrível que merece um monumento. Esta peça, em particular, é como uma escada em espiral para uma claraboia outrora coberta de placas. Quem dá mais pelo dente solitário e sarrento de Rousseau?

As pessoas são mórbidas e sórdidas até quando não querem ser. Acho que só para poderem estudar esse dente maltratado os compradores ofereceram mais do que nunca. Após uma disputa acalorada, quem o levou foi um senhor com sotaque estrangeiro, dentadura completa mas sorriso críptico, por sete mil e quinhentos pesos.

Lote hiperbólico nº 6

Nunca houve um homem com uma mandíbula inferior tão protuberante quanto a do senhor Charles Lamb, tão prognata que precisava estar sempre com a boca entreaberta. Caso contrário, seu canino roçaria na língua e no lábio superior causando-lhe uma coleção de chagas e úlceras muito dolorosas. Não é temerário conjecturar que tudo o que o senhor Lamb escreveu — que foi muito, e muito bom — tenha sido produto da tortuosa disposição de sua dentição. Ele era gago desde o colégio, e sua escrita era igualmente gaga. Certa vez escreveu uma carta gaga ao seu amigo Wordsworth dizendo-lhe: "Agora mesmo estou com a ponta afiada de um dente espicaçando a minha língua, a qual esbarra no dente no meio do caminho, imoral provocação, e lá vão de novo os dois, a língua espetando a si mesma como uma cobra, e o dente mortificando a gengiva, torturando-a, língua e dente, dente e língua, tão duro — eu, enquanto isso, pagando o pato — até que minha boca inteira fica quente como enxofre".

Oitocentos pesos por este dente gago de Lamb! Quem vai fazer o primeiro lance? Quem dá mais?

Nem sequer um braço foi levantado, então segui para o próximo lote.

Lote hiperbólico nº 7

Aqui temos um molar do indolente máximo, o não-quer-nada G. K. Chesterton. O homem media 1 metro e oitenta centímetros e pesava cento e dez quilos. Era largo como um barril em que se envelhecem vinhos baratos. A pele da sua nuca ficava pendurada sobre o colarinho, suas bochechas eram abauladas, seus olhos eram fundos de tanto franzir o cenho. Bebia leite em quantidades assustadoras.

A peça molar está em estado lamentável, mas é carismática como poucas. Há suspeitas de que os danos a este dente sejam fruto da inclinação confessa do senhor Chesterton a mastigar bolas de gude. Cito de cor e em inglês: "*We talk rightly of giving stones for bread: but there are in the Geological Museum certain rich crimson marbles, certain split stones of blue and green, that make me wish my teeth were stronger*".

Há uma história sobre esse senhor da qual gosto especialmente. Certo dia ele saiu de casa, talvez mastigando uma bola de gude, com a única e firme intenção de desenhar com giz em uma folha de papel pardo. Ele colocou seis pedaços de giz coloridos e brilhantes nos bolsos, meteu algumas folhas de papel pardo debaixo do braço e saiu — de chapéu, bengala e casaco — para retratar o mundo à sua volta. Em certo momento, quando o desocupado hipopotâmico já tinha chegado aos campos suaves de Downs, ele foi abordado por uma vaca doméstica — a propósito, o segundo membro mais imbecil do reino animal, o primeiro sendo, obviamente, a girafa, e o terceiro, o canguru australiano.

O senhor Chesterton fez algumas tentativas desapaixonadas de esboçar a vaca com giz, mas logo notou que seu talento terminava onde as patas traseiras do quadrúpede começavam. Após avaliar a questão por um momento, ele decidiu desenhar, apertando o pedaço de giz entre os dentes, a alma do mamífero em vez de sua aparência externa. Ele o retratou em roxo com detalhes em prata. Fim da história. Quem dá mais?

Houve um longo silêncio.

Quem dá mais?, repeti.

A hiperbólica do indolente conseguiu que o dente fosse levado por apenas dois mil e quinhentos pesos.

Lote hiperbólico nº 8

Há dentes atormentados. Era o caso deste, propriedade da senhora Virginia Woolf. Quando ela tinha apenas trinta anos seu psiquiatra elucubrou uma teoria segundo a qual seus males sentimentais provinham de um excesso de bactérias acumuladas em torno da raiz dos seus dentes. Resolveu extrair três deles — os que pareciam mais afetados. Não adiantou nada. Ao longo da vida lhe extraíram vários mais. Não adiantou nada de nada, *rien de rien*. A senhora Woolf morreu por obra das próprias mãos, com muitos dentes falsos em sua cavidade oral. Seus conhecidos só a viram sorrir no próprio enterro. Dizem que, já morta, descansando no caixão entreaberto no centro da sua sala, abriu um sorriso que iluminou seu semblante afiado, anêmico e inteligente. Quem dá oito mil pesos por este dente torturado? Quem?

Após um silêncio, um senhor de rosto obstinado mas respeitável levou-o por oito mil e novecentos pesos. Quando exclamei "vendido", batendo com a cabeça do martelo sobre a superfície inclinada do púlpito, ouvi um grasnido de pássaro entre os fiéis.

Cale a boca, Jacinto, disse alguém logo em seguida.

Mas o grasnido se repetiu. Então percebi que um homem miúdo estava se erguendo na terceira fila, de pé em cima de um dos bancos. Tirando o chapéu, ele me olhou como se estivesse em algum lugar remoto e abriu a boca lentamente para soltar outro grasnido. A massa do público crepitou em cochichos indistinguíveis.

Cale a boca e sente-se, Jacinto, disse alguém outra vez.

Vários outros o secundaram. Mas o homem ignorou seus castradores colegas de asilo, e eu, com a autoridade que o púlpito me conferia, ordenei que o deixassem continuar. Grasnou de novo, agora com mais brio e mais volume. Os murmúrios se apagaram. Então, com a graça de um bailarino profissional, o homem levantou os braços à altura dos ombros e, sem parar de grasnar, começou a batê-los lentamente, como que simulando o voo de um pássaro. Eu não sou dessas pessoas que choram fácil, mas um nó de tristeza amarrou minha garganta. Havia algo triste e belo no voo simulado daquele fiel senil.

Quando o homem acabou de simular seu voo, voltou a se sentar no banco e pôs o chapéu na cabeça. Não foi fácil para mim recomeçar com as hiperbólicas. Na suspensão temporal provocada pelo voo impossível desse velho no banco da paróquia havia algo que me comovia.

Lote hiperbólico nº 9

Nosso penúltimo exemplar, senhoras e senhores, exala uma melancolia mística. O dente em si é crocodiliano, mas sua aura é quase angélica. Notem a curvatura: parece uma asa em ascensão.

Seu dono, o senhor Jorge Francisco Isidoro Luis Borges, era de estatura média. Suas pernas curtas e magras sustentavam um torso ao mesmo tempo sólido e franzino. Tinha a cabeça do tamanho de um coco pequeno, um pescoço magro e flexível. Era um panteísta. Os olhos revoavam de um lado para o outro, inúteis, impermeáveis à luz do sol mas dispostos a receber a iluminação de ideias belas e boas. Falava pausadamente, como se procurando adjetivos na escuridão. Quanto me dão?

Para minha enorme decepção, deram apenas dois mil e quinhentos pesos pelo dente melancólico de Borges.

Lote hiperbólico nº 10

Nosso último exemplar colecionável, senhoras e senhores, consiste em um molar. Seu dono ainda circula pelo mundo com a parcimônia de um animal mitológico e a leveza de um fantasma eterno. O dente pertenceu ao senhor Enrique Vila-Matas e, antes de existir, foi escrito. Explico. O já mencionado senhor Vila-Matas sonhou uma vez que seu molar caía enquanto estava dormindo e que um homem de nome Raymond Roussel entrava pela porta do seu quarto e o acordava com uns gritos que pareciam de coronel, administrando-lhe uma série de conselhos exagerados sobre hábitos alimentícios. Antes de sair pela mesma porta, Raymond Roussel pegava o molar entre os lençóis e o metia no bolso do casaco.

Na manhã seguinte, o senhor Vila-Matas apalpou sua dentição para ver se de fato uma peça se havia desprendido. Estava tudo no lugar. Sendo um homem supersticioso, decidiu então escrever um conto para conjurar a possibilidade de que algum dia isso acontecesse na realidade.

Vários anos depois, comendo camarão à la diabla com seu amigo Sergio Pitol no povoado de Potrero, em Veracruz, o senhor Vila-Matas lhe contou o episódio do dente. Entretanto, no meio do relato um molar realmente se soltou e caiu no prato, misturando-se com os camarões. O senhor Sergio Pitol, que é um homem de grande sabedoria e misticismo, lhe pediu o molar, pois conhecia um xamã ali no povoado que enterrava os dentes dos melhores homens e mulheres e com eles fazia um ritual de magia branca que garantia a eternidade venturosa de sua alma na memória dos seres humanos. O senhor Vila-Matas lhe entregou o dente com certa reticência, mas sabendo que seu amigo cumpriria a palavra.

Esse xamã de Potrero, senhoras e senhores, era meu tio, o grande Cadmus Sánchez, filho da minha tia-avó paterna Telefasa Sánchez. Quando meu tio Cadmus morreu, faz uns anos, o seu filho, meu primo, um imbecil que não merece ter mais menções aqui, telefonou para dizer-me que o pai dele tinha me deixado uma parte da herança e que, se eu estivesse interessado, devia ir a Potrero imediatamente para reclamá-la. Peguei um ônibus na mesma noite.

Meu tio Cadmus tinha me deixado, como já devem supor a esta altura, a coleção de dentes dos grandes infames, que estava enterrada debaixo de uma linda mangueira nos arredores de Potrero. Num bilhete ele me explicava que o prédio seria desapropriado pelo governo poucos meses depois, porque iam construir ali uma estação elétrica. E me encarregava, então, de desenterrar os sagrados dentes e dar-lhes um destino melhor. Eis-nos aqui, queridos paroquianos, e eis aqui o último dente da coleção. O molar do respeitado Vila-Matas. Quem dá mais?

A mais pura verdade é que não lembro quanto deram. Eu já estava no auge do torpor causado pelo clima quase tóxico de um leilão até então bem-sucedido. Leiloar é uma atividade que me causa um vício irrefreável, como em algumas pessoas acontece com o jogo, certos fármacos, o sexo ou a mentira. Quando era jovem, saía dos pregões com vontade de vender tudo: os carros que via nas ruas, os sinais de trânsito, os edifícios, os cachorros, as pessoas, os insetos que cruzavam distraídos o meu campo de visão.

Os fiéis estavam igualmente embriagados pelos vapores embrutecedores do meu leilão. Queriam mais. Era evidente, queriam continuar comprando. E eu gosto de agradar às pessoas, não por ser submisso e obsequioso, mas porque sou atencioso e afável. Na ausência de mais peças, decidi, num golpe de gênio que pode ser atribuído ao entusiasmo que me possuía nesse momento, leiloar-me a mim mesmo.

Eu sou Gustavo Sánchez Sánchez, disse. Sou o inigualável Estrada. E sou meus dentes. Eles podem parecer amarelados e um pouco gastos, mas garanto: estes dentes um dia pertenceram à própria Marilyn Monroe em pessoa, que não necessita introduções. Quem os quiser, terá que me levar inteiro. Não dei mais explicações.

Quem dá mais?, perguntei, em tom sereno e abafado, encontrando os olhos de Sidarta, fixos no meus.

Quem dá mais por mim e meus dentes?, repeti ante um público impassível. Uma mão se levantou. E ocorreu exatamente o que eu tinha imaginado. Por mil pesos, Sidarta me comprou.

瘋狂的人 誰是永遠反對, 花崗岩塊,
完整和不變, 過去他的牙齒咬緊。

[Demente é o homem que está sempre apertando os dentes
contra esse bloco de granito, sólido e imutável, do passado.]

LIVRO III: AS PARABÓLICAS

Chama-se designador rígido *o termo que designa o mesmo objeto em todos os mundos possíveis* [...] *Claro, não é necessário que o objeto exista em todos os mundos possíveis* [...] *Um designador rígido designa certo objeto se o fizer onde quer que ele exista.*

SAUL KRIPKE

Meu tio Marcelo Sánchez-Proust escreveu uma vez no seu diário:

> Quando um homem está dormindo tem em volta de si, como um aro, o fio das horas, a ordem dos anos e dos mundos. Ao acordar, consulta-os instintivamente e, num segundo, lê o lugar que ocupa na superfície da Terra e o tempo que transcorreu até seu despertar; mas essas ordenações podem se confundir e se quebrar.

Comigo nunca se confunde nem se quebra nada na hora de acordar. Sou inconfundível e inquebrável, como todos os homens simples. Todo dia sou devolvido ao mundo da vigília pela simples e bela certeza das minhas modestas porém firmes ereções matutinas.

Não sou um caso raro. Ao contrário. Estudos científicos recentes comprovam que a maioria dos homens, ao despertar de manhã, repara antes de mais nada na turgência e rigidez do seu órgão sexual. O motivo é simples. Durante a noite, o corpo bombeia sangue no órgão masculino para manter ali uma temperatura que possibilite sua saúde íntegra e funcionamento normal. Em consequência, muitos homens acordam com uma potente e orgulhosa ereção, que por sua intensidade funciona como uma primeira âncora no mundo durante a passagem do sono à vigília. As mulheres não enfrentam nada semelhante, e por isto costumam sentir-se completamente desorientadas ao acordar. Não contam com esse manso Caronte pautando seu caminho de um mundo para o outro.

Esse fenômeno da constituição masculina, vulgarmente chamado de "efeito barraca armada", é um evento biológico e absolutamente não psicológico. Mas, como tantos fenômenos biológicos, pode tornar-se rapidamente uma questão de saúde mental e espiritual.

Quando a ereção matutina é ignorada e tem que decair por si mesma — com os primeiros goles de café ou sob o jato do chuveiro —, o homem acumula humores malignos que o enchem de ressentimento e raiva ao longo do dia. Fica circunspecto, taciturno, secretamente violento, e pode até começar a ter pensamentos pérfidos em relação aos seus concidadãos, incluindo-se os membros da sua família e os colegas de trabalho. Mas se a pessoa que dorme ao seu lado se mostra empática e libera seu órgão de acumulação de fluxos corporais, o homem permanece equilibrado e aprazível ao longo do dia; pode-se até dizer que bonachão e filantrópico. Fim da explicação.

Meu tio Marcelo Sánchez-Proust, que tinha muitas teorias sobre muitas coisas, dizia que só se devia casar-se com uma mulher que fosse compreensiva com essa condição natural dos homens. Havia que encontrar uma madame, dizia, "que moderasse a fúria que se acumula nas longas noites em claro dos homens sensíveis à elasticidade do tempo". O que quer que isso signifique, ele acrescentava que, por esse motivo, se casara com a tia Nadia e fora fiel a ela até o dia da sua morte (a coitada morreu de angina de peito, como Benito Juárez). A tia Nadia podia ter muito de mosca-morta e se vestir feito professora de orfanato, mas sem dúvida era uma virtuose da fornicação matinal.

Eu, por meu lado, nunca tive sorte nesse aspecto — talvez porque a sorte de um homem afortunado, como é o meu caso, se distribui de tal forma que não chega a abastecer os recantos mais íntimos e recônditos da experiência humana. Como uma curva de Bell. A Magra me atendeu até que ficou grávida: aproximadamente duas semanas. Depois, nunca mais. Ela sempre foi bastante miserável com as necessidades alheias, sobretudo as minhas. Mas também não encontrei alívio matutino com as outras mulheres da minha vida. A Angelica, que não era nada feia, acordava com a boca cheirando a frango, e então era eu quem fugia do contato. A Erica, por outro lado, tinha uma estranha semelhança com o ex-presidente Felipe Calderón quando dormia, acho que porque seu rosto inchava um pouco, principalmente a boca, o nariz e as pálpebras. Por mais que eu quisesse dissipar meus humores reprimidos dentro dela, quando a via ali, dormindo, inchada e deformada pelo sono, idêntica ao presidente daqueles anos sombrios do México, sentia tal terror que saía da cama na ponta dos pés e em silêncio para ir fazer um café bem forte. E a Esther, por fim, tinha um péssimo humor de manhã. Nunca tive coragem de me achegar a ela por medo de levar umas porradas com a corrente que guardava na escrivaninha. Eu deixava, em todo caso, que ela fizesse o primeiro movimento, que consistia numa ordem polissilábica e difícil de interpretar, de corrente na mão, ao estilo: Estrada, ajoelhe-se-me e chupe-ma. Ou: Estrada, deite-se-me aqui e meta-se-me um tiquinho. Ou simplesmente: Estrada, compareça-me. Mas como de qualquer jeito — e felizmente — a Esther quase nunca dava o primeiro passo, aprendi a me resignar. Tenho uma capacidade inigualável para a resignação. Os homens católicos são assim.

Naquela manhã, a manhã do meu breve sequestro após o leilão, a primeira coisa que notei foi a ereção, cuja presença de fiel escudeiro me devolvia diariamente à consciência do mundo. Tentei ignorá-la e voltei a adormecer. Não sei quanto tempo passou — segundos, talvez minutos. Quando comecei a recuperar os sentidos, a primeira coisa que distingui foi um cheiro penetrante, que lembrava madeira recém-envernizada, e em seguida senti um ardor insuportável no interior da minha ponte nasal. Estava deitado numa superfície fria e dura, mas suava copiosamente pelas têmporas. Minha cabeça pulsava como o coração de um passarinho. Senti então um estranho inchaço na língua; e, na garganta, o sabor ferroso de sangue. No silêncio que amplificava as palpitações descompassadas que me ricocheteavam no peito, ouvi um rom-rom, talvez um ronco abafado, quase um gemido. Conjecturei que estava num quarto onde dormiam outras pessoas. Preferi não abrir os olhos, imaginando que talvez houvesse sido levado para um asilo ou para a cadeia, e tentei dormir de novo, sem sucesso.

A última coisa de que lembrava, depois do leilão na igreja do padre Luigi, era de ter saído de lá segurando a mão de Sidarta. Nesse momento me veio a ideia de que na última vez em que pegara a sua mão, ela ainda cabia dentro da minha. Mas sufoquei imediatamente essa ideia, porque me dava vontade de abraçá-lo, e eu sentia que ele não gostaria de ser abraçado. Atravessamos a praça de mãos dadas até um carro que nos esperava na esquina, eu tentando explicar a Sidarta o tão aprazível mecanismo da história de Chapeuzinho Vermelha invertida. Sidarta ficou olhando para a frente e me ignorou por completo, como os pais ignoram os filhos quando estes tentam explicar coisas complicadas. E isso era tudo que eu lembrava; tudo o mais era uma rasura branca. Ainda de olhos fechados, e tentando permanecer no doce estado de sonolência, inspecionei lentamente o céu da boca com a ponta da língua. Foi aí que meu mundo caiu. Quando quis passá-la pela colunata arqueada da minha dentadura sacra, grácil e santificada como a colunata de São Pedro do mestre Bernini, eis que deparei com um grande vazio. Nada. Nada! Nem um único dente. Ai, Marilyn! Levei a mão à boca e abri subitamente os olhos. Sentei-me e notei que estivera deitado em um banco. Com a ponta dos dedos, apalpei os lábios, a língua, o céu da boca e as gengivas vazias. Nada, nem um dente. O que faria o grande arquiteto de São Pedro se chegasse um dia ao Vaticano e notasse que as prodigiosas colunas dóricas, que delimitam em semicírculos o átrio que anuncia a ainda mais gloriosa altura do monumento ao catolicismo, simplesmente não estivessem lá?

Olhei em volta, tomando consciência do aposento onde estivera dormindo, e descobri um inferno maior do que aquele que se instalara na cavidade da minha boca. À minha frente havia um palhaço de dimensões sobre-humanas projetado numa tela, observando-me com uma expressão mansa. Fui dominado pelo medo, e é verdade que seria mais lógico ter-me levantado e corrido até a porta entreaberta do pequeno quarto, mas o pudor me conteve. Uma ereção obstinada e inexplicável — dadas as circunstâncias — me impedia de levantar-me. Ergui a cabeça e olhei ao redor. Nas telas colocadas nas quatro paredes do aposento, quatro palhaços catatônicos me olhavam. Tive certeza de que ficara louco, todos os miolos fritos. A outra opção, a de que houvesse sido sequestrado e estivesse sendo torturado, era muito mais funesta, dado que neste país uma vida humana vale menos que uma passagem da Cidade do México a Acapulco, viajando de Estrela de Ouro.

À minha frente havia uma projeção ampliada de um palhaço com o rosto pintado de branco e o esgar de um sorriso ressaltado em preto. Coroando a careca, um chapéu de feltro chaplinesco, pequeno demais. Girei a cabeça para a direita. Uma imagem das mesmas proporções exageradas mostrava um palhaço envergando um macacão colorido brilhante, com a cara quase totalmente pintada de vermelho sangue e uns tufos de cabelo amarelo brotando dos lados de uma cabeçorra imensa. O palhaço da minha esquerda estava com um macacão de malha branco e um cachecol de plumas amarelo pato; tinha a cara pintada de rosa e sobre suas sobrancelhas naturais havia delineado um espectro de sobrancelhas de várias cores, que subiam por sua testa como escadas rumo a uma cabeça predominantemente careca. Os três, nem é preciso dizer, tinham um tradicional e horrendo nariz de bola. Não quis estudar atentamente o palhaço que estava às minhas costas, mas cheguei a notar um sapato preto de sola grossa e um rosto pintado de preto e vermelho. Tive a impressão, olhando rápido e de esguelha, que aquele era o mais sinistro dos quatro, e voltei os olhos para o que estava diante de mim — o de cara branca e um chapéu-coco diminuto. Então, para minha grande surpresa, o palhaço piscou.

Esperei alguns instantes, apertando a beirada do meu banco, para ver se o gesto se repetia ou se eu estava tão desorientado que já alucinava. Não só voltou a piscar como também, de repente, sem que o palhaço mexesse a boca, escutei uma voz que vinha de algum lugar acima da minha cabeça:

Que bonito é quase tudo, não acha, Fancioulle?

Não respondi, porque me pareceu evidente que não podia estar se dirigindo a mim. Estrada, você é um imbecil!, pensei. Em voz alta repeti, baixinho: Imbecil.

Minha voz parecia a de um estranho. Sem a moldura sólida dos meus dentes, as palavras que saíam da minha boca eram um sopro débil, babodejante, a voz de um velho derrotado. Então, brotou novamente do teto aquela voz sossegada e lenta, quase cínica. E me arremedou:

Im-be-cil.

Quem é você? Onde está?, perguntei, alarmado.

Não se faça, Fancioulle.

O que disse?

Que não se faça de imbecil, Fancioulle.

O senhor está me confundindo. Sou Gustavo Sánchez Sánchez, Estrada, às suas ordens.

Não se faça, sacana, e diga logo onde escondeu meu creme demaquilante.

Não sei do que está falando, respondi.

Percebi então que a voz saía de um alto-falante no teto, e que havia outros três alto-falantes, cada um num canto do aposento.

Meu creme, ignóbil Fancioulle. Meu rosto está craquelando e quero tirar a maquiagem.

Não uso creme. Não sou mulher, nem palhaço, nem me maquio.

Então não é palhaço? Ignóbil Fancioulle, ignorante, sem dentes e mentiroso.

Meu nome é Gustavo Sánchez Sánchez, e todos me chamam carinhosamente de Estrada.

Pare com isso.

E sou o melhor leiloeiro do mundo.

Ah, é? E o que veio leiloar-nos?

Não sabendo o que responder, fiquei em silêncio. O palhaço continuou falando. Perguntou se eu conhecia a "Parábola da pérola" e, sem esperar minha resposta, começou a explicá-la com todos os detalhes. Ele se dirigia a mim como se estivesse falando com uma criança pequena ou um estrangeiro, pronunciando lenta e corretamente cada palavra:

> Jesus disse: o Reino dos Céus pode ser comparado a uma pessoa que tivesse um tesouro escondido em seu campo e não soubesse. E quando morreu ele o deixou para seu filho. O filho também não sabia do tesouro. Ele assumiu o campo e o vendeu. O comprador arou o solo do campo, descobriu o tesouro e passou a emprestar dinheiro cobrando juros a quem ele quisesse.

Você entendeu, Fancioulle?

Sim, claro. Eu frequentei as aulas de religião.

Então o que significa?

Significa que se deve checar o que há no campo do pai antes de vendê-lo.

Imbecil.

O palhaço piscou e deu um longo e descarado bocejo. Depois disse: Você é a pessoa mais chata e mais insípida que conheço, Fancioulle. Em seguida fechou os olhos e, como me pareceu pelo som de sua respiração, caiu num sono profundo.

Eu tinha certeza de que me encontrava no inferno. Nas longas reuniões familiares a que fui submetido durante a minha infância, meu primo Juan Pablo Sánchez Sartre, que usava chinelo de plástico e era mau bebedor, sempre acabava nos dizendo — mais ou menos quando chegava a hora da sobremesa — que o inferno éramos nós. E aos gritos nos amaldiçoava, às vezes nos jogava objetos ou os restinhos de comida espalhados pela toalha — principalmente bolinhas de arroz — e depois saía, batendo a porta estrepitosamente. Só voltávamos a vê-lo no encontro de família seguinte, quando repetia o mesmo número, com ligeiras variações. Isto acontecia de dois em dois meses, até que um dia Juan Pablo se suicidou com uma parada cardíaca enquanto fazia spinning sob o efeito de uma anfetamina poderosa. Fim da lembrança familiar. Mas pode ser que tivesse um pouco de razão com sua teoria do inferno, o coitado do Juan Pablo. A partir de então sempre pensei que o inferno são as pessoas temíveis em que você pode se transformar um dia. São essas que dão mais medo. Para Juan Pablo, eram seus familiares mais desprezíveis — os tios corruptos, as tias que cheiram a pomada, os primos presunçosos. Outros têm medo dos inimigos ou dos superiores; outros ainda, dos loucos que veem falando sozinhos pelas ruas; das loucas que espremem os cravos em público; alguns não podem tolerar a presença de miseráveis, de amputados, de vagabundos. Para mim não existe ser humano mais detestável que alguém vestido de palhaço, provavelmente porque sempre temi ser percebido como um. E lá estava eu, prostrado em um banco, diante de projeções videogravadas de uns enormes bufões semiadormecidos, talvez deprimidos até a catatonia, sendo confundido por um deles.

Senti vontade de sair correndo, e a ereção que tinha me subjugado antes já não me impedia, pois havia desaparecido por completo. Mas percebi imediatamente que não fazia sentido correr — para onde? e para quê? Então me levantei devagar e andei ao redor do quarto, um quadrado de não mais que vinte passos de comprimento e vinte de largura. Tirando as telas em que se projetavam os palhaços, não havia grande coisa. Ao lado da porta entreaberta, um texto em letras pequenas rezava: UGO RONDINONE. *Where do we go from here?* QUATRO VIDEOINSTALAÇÕES, SOM, TINTA, MADEIRA, LUZ DE NÉON AMARELA. Fui à porta e pude ver, do umbral, um aposento mais amplo e bem iluminado. Cruzei o umbral e andei pelo aposento. Diversos objetos estavam dispostos nos cantos e em posições estranhas: um quadro com a imagem de um cavalo dentro de um quarto de hotel, um cachorro de pelúcia dormindo, fantasias de ratos e camundongos, uma prótese de perna peluda, um baobá minúsculo, uma pilha de apitos, uma partitura em um tripé e uma janela falsa consistindo apenas em luz projetada na parede por lâmpadas halógenas. Este último objeto me pareceu especialmente bonito, e achei que valeria a pena tê-lo na minha coleção, ou pelo menos copiar a ideia para meu armazém, que não tinha tantas janelas quanto um lugar decente deveria ter.

Eu tentava aferir o peso das lâmpadas quando a mesma voz parcimoniosa de antes voltou a brotar do teto, dessa vez de um alto-falante diferente.

Você ainda não foi, Fancioulle?

Para onde eu iria?, respondi, voltando a me sentar no meu banco.

Disse que ia buscar o fusca da minha mãe no depósito, não me venha de sacanagem. Está lá por culpa sua, Fancioulle.

Eu não disse que ia fazer nada. Quem é você? Onde está?

Aqui, à sua direita.

Agora eu entendia. Percebi que quem falava comigo agora era o palhaço de macacão de malha vermelha à minha direita, embora a voz fosse a mesma. Se a intenção era que isso fosse convincente, essa era uma péssima produção. O segundo palhaço me acusava de ter estacionado um fusca num lugar que claramente era reservado para deficientes e que isso, além de uma desconsideração para com os deficientes, foi um ato de extrema violência passivo-agressiva de minha parte em relação a ele e sua progenitora. A desconsideração geral e a violência passivo-agressiva são, como continuou me explicando, características típicas das pessoas deprimidas. Portanto, ficava evidente que eu era uma pessoa muito deprimida, e por isso me recomendava, com todo o respeito, considerar uma visita a um psicólogo ou um psiquiatra, e também me sugeria dormir pelo menos oito horas por noite, parar de beber álcool e, definitivamente, fazer muito exercício, porque o exercício libera grandes quantidades de serotonina no cerebelo e no hipotálamo. Eu o interrompi:

Por que não vai você pegar o fusca? O que está fazendo aí deitado?

Eu? Eu só estou por aqui, fazendo uns pensamentos.

Como assim, *fazendo* uns pensamentos? Os pensamentos não se fazem.

Você pode não fazer. Eu faço.

Ah, é? Que tipo de pensamentos?

Agora mesmo, por exemplo, estou pensando que os cachorros são animais realmente desprezíveis, além de perigosos, e que deviam ser exterminados.

Muito profundo, o seu pensamento, disse com um sarcasmo forçado. E o que mais?

Também penso que a política italiana é ridícula, que os gatos de rua podem ficar violentos embora quase sempre sejam entes simpáticos e ferozmente independentes, que há um excesso de casais abusivos, que as pessoas são complacentes por medo, que muitos professores do primário são cruéis, que *O pequeno príncipe* é um livro para quarentonas piegas e que não tem sentido existirem tantos santos no calendário gregoriano.

Ah, eu disse; ou talvez não tenha dito. Talvez tenha só suspirado. Ou, talvez, só respirado.

Também penso, por exemplo, que o fato de você ter esquecido de ir buscar o carro tem a ver com a parábola dos dentes do cavalo, de Bacon.

Outra parábola?

Cale a boca e preste atenção:

No ano do nosso Senhor 1432, surgiu uma grave discussão entre os irmãos a respeito da quantidade de dentes na boca de um cavalo. Por treze dias, a disputa se manteve. Todos os livros e crônicas antigos foram consultados, e uma maravilhosa e poderosa erudição, como jamais se vira nessa região, se manifestou. No início do décimo quarto dia, um jovem frade de modos agradáveis pediu aos seus sábios superiores permissão para falar e de maneira direta, para assombro dos que discutiam, cuja profunda sabedoria ele considerava maçante, ele suplicou que relaxassem de maneira grosseira e inédita e que olhassem a boca aberta de um cavalo para encontrar a resposta aos seus questionamentos. Com isso, sua dignidade tendo sido gravemente ferida, eles tornaram-se sobremaneira irados; e unindo-se em um poderoso alvoroço, jogaram-se sobre ele e o atingiram no quadril e nas coxas e lançaram-no fora imediatamente. Pois, disseram, seguramente Satanás havia tentado esse corajoso neófito a declarar profanas e inauditas formas de encontrar a verdade, contrárias a todos os ensinamentos dos padres. Após muitos dias mais de duro combate, a pomba da paz assentou na assembleia e, como um homem, eles declararam que o problema era um mistério eterno, visto que vigorava grave escassez de evidências históricas e teológicas, e determinaram que tal se escrevesse.

Não entendi nada, disse.

Não parece suspeito?

Suspeito o quê?

Você ser um desdentado desprezível que esquece das coisas e das pessoas, e que não merece estar no mundo.

Talvez, disse, sentindo o nicho da culpa aumentando no centro do meu peito.

Então, agora você vai buscar o meu carro, insignificante, pequeno, cambaio, mentiroso, medíocre e desmemoriado Fancioulle?

Bom, talvez.

O palhaço ficou em silêncio — um silêncio que se prolongou o suficiente para me dar a entender que nossa conversa tinha terminado. Talvez o palhaço tivesse um pouco de razão. Talvez eu devesse ir procurar o demaquilante do primeiro palhaço e recuperar o carro da mãe do segundo. Afinal, não tinha mais nada a fazer. Mas que pensamento idiota. Os palhaços eram apenas vídeos, e a voz que saía pelo alto-falante claramente vinha de outro lugar. Decidi esperar pacientemente que a voz soasse novamente.

Na primeira vez em que tomei consciência do horror sobrenatural que os palhaços me causavam, eu tinha quinze ou dezesseis anos. Estava na estação de metrô Balderas com meu amigo Cachorro. Eram onze e tanto da noite, nós tínhamos jogado dominó na cobertura de um amigo no centro da Cidade do México. Não havia mais ninguém na estação; só o Cachorro e eu, esperando o último trem. Em dado momento, escutamos uma espécie de gemido profundo, e depois um sopro. De novo, gemido, sopro, gemido. Olhamos em volta — nada, nem uma alma na estação. Nisso, o Cachorro deu alguns passos e foi até as escadas que ligam as plataformas com o mezanino. Por um instante ficou atônito, gelado, então fez um sinal com a mão para que me aproximasse, e em seguida um sinal com o dedo para que o fizesse em silêncio. Fui com cautela na direção dele. De cócoras no último degrau, com as calças no meio da perna, um palhaço defecava muito à vontade. Tentei sufocar o riso que subia dos meus pulmões como uma regurgitação nervosa, mas não consegui pará-lo a tempo. Soltei uma espécie de arquejo, uma risada passada pela surdina da autocontenção. O palhaço levantou a cabeça e sustentou o nosso olhar — parecia um animal indefeso que vê à sua frente um possível predador mas logo percebe que aquele que o espreita é, na verdade, sua presa. Levantou as calças e avançou em nossa direção. Corremos; acho que corremos como nunca antes na vida.

Aterrorizados e aturdidos, retrocedemos pelo labirinto de corredores de Balderas, procurando alguma saída aberta. Dobrando num corredor, o palhaço me alcançou e me empurrou. Caí no chão. Ele se jogou em cima de mim, como um homem se jogaria em cima de uma mulher que resiste. Segurando-me pelas panturrilhas, o palhaço abaixou a cabeça e a enterrou na minha barriga, com o nariz de bola se incrustando no umbigo. Apertou o rosto completamente maquiado na minha camiseta branca e, para meu desconcerto, começou a chorar — eu nunca pude saber se de vergonha ou de tristeza natural.

Pouco depois, já tendo recuperado o fôlego, consegui escorregar por baixo do seu corpo rendido. Cachorro e eu saímos andando pelos corredores vazios de Balderas, agora devagar e em silêncio, até que encontramos uma saída aberta. Fim de recordação.

Durante muito tempo fizemos piadas de todo tipo sobre esse dia e contamos aos nossos conhecidos versões cada vez mais exageradas da história. Mas, por baixo das risadas e gracejos que sempre acompanhavam o episódio, eu sentia uma pedra quente no estômago toda vez que se tocava no caso. Acho que o rescaldo de humilhação que vi no olhar daquele palhaço não me abandonou nunca mais.

Poucas horas depois, a mesma voz jovem, entorpecida e nasal brotou do alto-falante.

O grande Fancioulle!, disse, cheio de um sarcasmo cruel.

Assumi que agora quem se dirigia a mim era o palhaço à minha esquerda, o das múltiplas sobrancelhas ascendentes.

Já sei o que você está pensando, grande Fancioulle.

O que estou pensando?

Está pensando que é melhor que todos nós.

Não, não é verdade.

Já ouviu a parábola do homem ruivo, do filósofo Daniil Kharms?

Na verdade, sim.

Bem, você é como o ruivo sobre o qual ele escreveu, Fancioulle, então ouça atentamente:

> Era uma vez um homem ruivo que não tinha nem olhos nem orelhas. Também não tinha cabelo, de maneira que só era ruivo em um nível teórico. Não podia falar, porque tampouco tinha boca. Também não tinha nariz. Nem sequer tinha braços nem pernas.

Não tinha estômago, não tinha costas, não tinha espinha dorsal nem tinha intestino algum. O homem não tinha nada! Portanto, não há forma de saber de quem estamos falando. De fato, é melhor que nem falemos mais nada em absoluto sobre ele.

E só.

Só?

Só.

Isso não é uma parábola. É uma alegoria.

É uma parábola soberba, uma superparábola, e que aliás parece inspirada em você, Fancioulle. O que acha?

É informativa.

Sério? Apenas informativa?

Muito informativa, e também engenhosa. Mas não entendo de que modo é uma parábola.

Então o que você sugere que eu faça, grande Fancioulle?

Não sugiro nada.

Foi o que pensei. Não vê que você não tem nada para oferecer?

Vejo, às vezes.

E que o cisma entre a percepção que você tem de si mesmo e a percepção que os outros têm de você é infinito e irreconciliável?

Talvez.

Além do mais você é incapaz de rir de uma piada que não seja sua. Você é incapaz de apreciar o humor. E isso revela as limitações da sua inteligência.

Está bem.

Ao passar dos limites da excentricidade, Fancioulle, o que há do outro lado é o grotesco: você é um palhaço.

Chega, por favor.

É o que eu digo, Fancioulle, chega. Você me faz um favor?

Qual?

Preciso de uma monografia sobre a Revolução Russa. Pode me trazer da papelaria?

Claro, pois não, respondi, subitamente submerso numa mansidão pantanosa.

E preciso de uma outra sobre "O algodão e seus derivados", outra sobre "Ártico e Antártico", uma sobre "A baleia e seus derivados" e outra sobre "Bandeiras da Ásia".

O.k., eu trago tudo.

Obrigado, repetiu a voz, satisfeita.

Escute, por acaso você não sabe qual é o modelo do Volkswagen dele, sabe?, inquiri, apontando para o palhaço de macacão vermelho de malha, que me olhava em silêncio total, piscando de quando em quando.

Fusca branco modelo 70, sem a menor dúvida.

E em que depósito está, sabe dizer?

Acho que deve estar no depósito da rua Ferrocarril. Mas por que você vai buscar o carro dele?

Porque foi levado por minha culpa.

Esperei a resposta do palhaço. Não chegou imediatamente. Quando a voz ventríloqua voltou a aparecer, entendi logo que agora quem se dirigia a mim era o quarto palhaço, o de rosto sinistro pintado de vermelho e preto. Eu já estava preparado para o embate, para a humilhação, para o seu intento desmedido de me dobrar. O que esse filho de uma égua não sabia é que o inigualável Estrada é inconfundível e inquebrável. Decidi me adiantar fazendo cara e voz de ocasião.

Sou Fancioulle, às suas ordens. O que deseja, Sidarta?

Houve um longo silêncio.

O que quer, filho? Diga.

Nada, respondeu ele, depois de alguns instantes de silêncio.

Não, diga a verdade, o que você deseja?

Nada, realmente nada.

Vamos, diga logo. Qualquer coisa, seja o que for, continuei insistindo.

Realmente não desejo nada, senhor.

Um copo d'água, pelo menos?

Não.

Não vai recusar um copo d'água!

Bem, está bem. Um copo d'água.

Então vou buscar, disse eu, finalmente me levantando do chão, esticando os braços e as pernas. Levei alguns instantes para recuperar o equilíbrio, mas assim que me senti firme outra vez nos meus sapatos, atravessei o quarto num estado de franca e repentina euforia. Estava me sentindo leve, liberado de alguma coisa. Acho que meu tio Fredo Sánchez Dostoiévski tinha razão quando dizia que o insulto, afinal de contas, era uma purificação da alma. Fiz uma reverência amável para os palhaços catatônicos e saí porta afora, la-la-trá, la-la-trá!

對於從來沒有哲學家, 可以耐心地忍受牙痛。

[Nunca houve um filósofo que pudesse
suportar com paciência uma dor de dente.]

LIVRO IV: AS CIRCULARES

Rigidez significa, estritamente, nomear a mesma coisa em qualquer mundo, ou ao menos em todos os mundos em que a coisa existe. Isso funciona bem para números e afins, mas sem a sobreposição de mundos não podemos esperar que o nome próprio de uma pessoa ou de uma coisa (de uma estrada, por exemplo) seja estritamente rígido. Entretanto, um nome próprio pode muito bem ser semirrígido*: isto é, pode nomear em outro mundo o correspondente daquilo que nomeia aqui.*

DAVID LEWIS

Tenho que reportar que em uma manhã, não sei a hora exata, eu também saí de lá depois de ter passado um dia e uma noite trancado no meu "quarto de fantasmas", como meu tio Roberto Sánchez Walser costumava chamar sua sala de estar. Tinha perdido meus dentes, tinha dormido em um banco, tinha sido humilhado e torturado emocionalmente por meu próprio filho, mas apesar de tudo estava num estado romântico-aventureiro, extravagante e tropical; creio que porque sempre fui de boa índole.

Na luz metálica que as nuvens refletiam reconheci o despontar do amanhecer e vi com alívio que estava em terreno conhecido, num dos estacionamentos da velha fábrica de sucos de Ecatepec, a poucos metros da Via Morelos. Havia chovido, e o ar úmido tinha cheiro de trailer, tortilha e pneu queimado. Daqui sou eu, pensei, e me lembrei da magistral canção de Napoleón: *"Justamente por ser como eres/ Por eso te quiero"*. Senti vontade de soltar a voz, e foi o que fiz.

Atravessei a fábrica cantando sob as nuvens aramadas do alvorecer e cheguei a um estacionamento de bicicletas. Entre os trabalhadores que iam chegando à fábrica, parando naquele bicicletário para deixar seus veículos, distingui o meu querido e sábio amigo Tácito, que vive de escrever provérbios para biscoitos da sorte chineses. Ele estava tentando prender uma bicicleta num cano do bicicletário. Envergava uma toga cor de marfim, estava com o cabelo bem penteado e um bigode estilo pincel, elegante e distinto como sempre. Depois de me cumprimentar efusivamente, perguntou como eu estava, mas quando abri a boca para responder ele notou que me faltava a dentadura e não conseguiu disfarçar o espanto.

Quid accidit, Estrada?

É isso, meu caro amigo, respondi. Perdi os dentes.

E longinquo contemplari, si non nocet, disse ele com sua serenidade costumeira.

Obrigado. Acho que quem os roubou foi o filho da puta do meu filho, afirmei. Mas não tenho certeza. Quero ir procurá-los.

Cum cœperint cum faciunt animos nostros faculta amittatur.

Por isso mesmo, querido amigo. Não me empresta sua bicicleta para ir procurá-los?

Respondeu que a bicicleta era do seu irmão, e me perguntou se por acaso não o tinha visto. Respondi que não, não o via fazia muitos anos. Seu irmão, como me contou, tinha ingerido uma dose quase letal de cogumelos e fungos uma semana antes e sumido pelas ruas de Ecatepec. Tácito o estava procurando havia vários dias para devolver-lhe a bicicleta. Prático, sempre fui. Propus uma solução equilibrada.

Por que você não me empresta a bicicleta, em vez de prendê-la aqui, e eu procuro o seu irmão enquanto estou procurando meus dentes?

Tácito, por sua vez, sempre foi razoável e generoso.

Et spes inanes, et velut somnia quaedam, vigilantium, querido Estrada, disse ele já me oferecendo o guidom da bicicleta.

Depois tirou um saco de biscoitos chineses de uma pasta de couro que trazia a tiracolo e o pôs na cesta da bicicleta com um gesto solene:

Antiquam sapientiam biscoitos chineses *vestram in comitetur vobiscum quaerere.*

Agradeci sinceramente e subi na bicicleta. Cruzei a rua Morelos e segui pela Sonora para o leste, decidido a cumprir minhas tarefas, talvez encontrar o irmão perdido de Tácito e, principalmente, recuperar minha dentadura. Um céu imenso se abria à minha frente e o sol já começava a despontar entre os vergalhões desnudos acima das casas.

A essa hora do dia, o único lugar aberto no bairro é a lanchonete de dona Tedi López, "Las Explicaciones", na esquina de Sonora e Las

Torres. É famosa porque ali o café custa um peso, a porção de pão custa cinco, e sempre tem vários exemplares do jornal do dia. Parei para tomar o café da manhã. Pedi um jornal e um Nescafé, para molhar os biscoitos chineses que Tácito me dera. Eu tirava o papelzinho da sorte e mergulhava o biscoito até encharcar bem para obter o estado de maciez exato que me permitisse comê-lo sem medo de machucar as gengivas nuas. Fui guardando os papeizinhos no bolso da calça, para depois.

O único cliente na lanchonete além de mim era um rapaz circunspecto, delgado, com uma cara salpicada de sardas cor de tabaco, mergulhado em concentração. Trajava um terno de três peças de cor amarelo berrante, que ficava grande demais nele, e um chapéu panamá. Em silêncio, sentado à mesa junto a uma janela por onde começava a entrar a luz da manhã, ele fazia anotações a lápis num caderninho.

Da minha mesa, perguntei o que tanto escrevia. Respondeu, sem se virar para me olhar, que estava planejando um passeio de *relingos*.

Um passeio *de quê*?, babodejei, com minha nova voz de velho babaca desdentado.

Um passeio de vazios, senhor, de terrenos baldios, espaços sem dono nem uso fixo, esclareceu, com essas três definições.

Abri a boca feito um pinto recém-saído do ovo e, apontando para a minha cova sem dentes, perguntei: Vazios como este?

O rapaz ergueu o olhar, afinal interessado em mim. Aproveitei sua atenção e continuei, tratando de não perdê-la:

Qual é o seu nome?

Jacobo de Voragine. Mas me chamam de Voragine.

O que você é? Cantautor? Artista?

Não, disse com um ar melodramático. Sou escritor e guia de turistas: vivo do segundo, morro do primeiro.

Ah! Então deve conhecer o escritor que refez sua dentadura depois de escrever um livro.

Não, senhor. Quem é?

É isso, um escritor que refez a dentadura toda depois de escrever um livro.

Fabuloso, fascinante, incrível, titubeou, inseguro dos seus adjetivos.

A propósito, falei, eu sou Gustavo Sánchez Sánchez, Estrada, às suas ordens. Não se incomoda se eu também me sentar aí, no solzinho? Não quero interromper se estiver concentrado.

Não, não, sente-se, com todo prazer; de qualquer maneira não tive nenhuma ideia em toda a manhã.

Pedi mais três Nescafés — dois para mim, um para ele — e me sentei em frente ao rapaz. Coroando suas mãos ossudas, notei as unhas curtas dos nervosos.

Então você é novo no bairro?

Isso mesmo, senhor.

E como pretende ser guia de turistas se não conhece o lugar?

Não, os turistas nem vêm aqui. Eu moro em Ecatepec, mas faço passeios turísticos no centro da Cidade do México.

Mora sozinho?

Não, com dois irmãos que trabalham no negócio de livros — não sei o nome deles mas entre si se chamam indistintamente de Carinho e Compreensão. Eles têm uma gráfica e editora chamada Rincón Cultural.

E por que acha que não conseguiu escrever desde que chegou aqui?

Não sei. Acho que é porque tenho horror à irrelevância.

A irrelevância?

Existem coisas demais, continuou em tom queixoso, livros demais, opiniões demais. Qualquer coisa que eu faça vai necessariamente se somar ao grande monte de lixo que cada pessoa vai deixando atrás de si. Está fazendo sentido?

Perfeito sentido. É por isso que eu sou leiloeiro.

Você? Você é leiloeiro de arte?

Do que vier.

Por exemplo?

Por exemplo, eu posso te leiloar o meu nome. Colecionei seis homônimos. A série se chama "Gustavos Circulares" porque o leilão se dá por meio de adivinhações de circunlocuções, como os epítetos e perífrases de Estácio.

E como funciona isso?
Simples:

Peixes, ascendente em Escorpião. Nasceu em San Andrés, Chalchicomula, em 18 de março de 1911. Foi presidente do México entre 1964 e 1970, tempo durante o qual: fez estudantes desaparecerem, ocupou militarmente a Universidade Nacional Autônoma do México, prendeu trabalhadores, demitiu professores, médicos e ferroviários que protestavam contra os baixos salários. Morreu de câncer colorretal.

De quem estou falando?, perguntei a Voragine.
Não tenho ideia, Estrada. Sinto muito.
De Gustavo Diáz-Ordaz, moleque. Vamos tentar outra:

Nascido em 19 de abril de 1801 sob o signo de Touro, ascendente em Libra. Criador do estudo da psicofísica e um pioneiro visionário da psicologia experimental. Também descobriu a famosa fórmula S = KlnI, que descreve a relação não linear entre sensações e impressões psicológicas e a intensidade dos estímulos físicos. Ativo, ateísta, mulherengo e um homem de bom coração, morreu em 18 de novembro de 1887.

A quem estou me referindo?
Desculpe, não tenho ideia.
Gustav Theodor Fechner. Outra:

Sagitário, escritor, gordo, francês.

Ah! É Gustave Flaubert?
Isso mesmo.
O.k., me dê outra.
O.k.:

Câncer com ascendente em Aquário, nasceu em 7 de julho de 1860 e morreu em 18 de maio de 1911. Judeu, nascido na

Boêmia, compôs as "Sinfonias 1-10 de Mahler" mas não terminou a nº 10 porque morreu antes. Foi casado com a senhora Alma Mahler, que por sua vez também foi mulher de Walter Gropius, Franz Werfel, Klimt, Max Burckhard, Alexander von Zemlinsky, Oskar Kokoschka e Johannes Hollsteiner, entre outros.

Quem é?

Fácil: Gustav Mahler.
Nada mau, nada mau. Outra:

Sagitário. Ela foi uma feminista nascida em Hamburgo em 1868.

Só isso de informação?
Sim, sinto muito.
Não sei.
Lida Gustava Heymann. A última:

Câncer com ascendente em Câncer. Um desastre astrológico. Amante e possível marido da mulher de Gustav Mahler. Foi um pintor simbolista propenso a enxaquecas em saraivada e manifestações eróticas.

Gustav Klimt?
Correto.
Divertido, disse ele. Mas como você leiloa os nomes?

Simplesmente faço. O que os leiloeiros leiloam, no fim das contas, são apenas nomes de pessoas, e talvez palavras. Tudo que faço é dar-lhes um novo conteúdo.

Pode explicar?

Veja, eu sou como aquelas pessoas que limpam o seu lixo. Mas com pedigree. Eu expurgo, eu encontro. Eu aromatizo, limpo, desinfeto. Eu reciclo.

O jovem Jacobo de Voragine ficou olhando sua xícara de Nescafé, intacta até esse momento. Pegou o açucareiro, derramou uma quantidade nojenta de açúcar dentro da xícara e, desanimado, mexeu o líquido com seu lápis.

Pois então leia para mim o que estava escrevendo agora há pouco, disse eu, tentando reanimar a conversa.

Não é nada, é só uma descrição de uma esquina.

Fiquei em silêncio, esperando que começasse. O rapaz hesitou um pouco, mas logo depois abriu o caderno, pigarreou e leu:

> Há uma loja de ferragens em frente ao meu quarto novo. Posso vê-la da janela do banheiro do terraço, que é o único canto onde posso fumar em silêncio. Toda tarde, quando os homens que trabalham na loja de ferragens estão começando a fechar, o dono, um velho senil, traz para a calçada uma cadeira dobrável e fica afiando as pontas dos pregos guardados numa caixinha de ferramentas que põe ao lado de um pé da cadeira. Afia os pregos contra o asfalto, um por um, com cuidado, e depois os joga na rua. O ritual não dura nem dez minutos. Eu apago o cigarro na pia e ele dobra a cadeira.

Cheguei até aqui, disse ele, levantando um olhar ansioso por aprovação.

Cheio de ternura, respondi.

Obrigado.

E você tem a letra pequena e agradável.

Obrigado.

Mas está tudo errado.

Por quê, senhor?

É sobre a loja de ferragens do senhor Alfonso Reyes, não é mesmo? La Higuera. Aquela que fica na esquina de Durango e Morelos.

Como sabe?

Um passarinho me contou, é uma longa história. Mas a questão é que seu resumo está errado porque o senhor Alfonso não está caduco nem afia os pregos. Ele os achata. Achata os que estão um pouquinho tortos e os joga na rua, já chatos, para que não furem pneus nem estraguem os carros.

E por que não joga no lixo?

Porque furam os sacos.

Entendi.

Olhe aqui, Jacobo, Voragine, jovem Jacobo Voragine. Acho que posso ajudá-lo se você me ajudar. Você sabe, uma mão lava a outra.

Duvido que eu possa ajudá-lo, senhor, sou um pobre-diabo. Mas diga.

Eu preciso recuperar minhas dignidades, ou pelo menos meus dentes, porque sem eles não posso reciclar nada, nem sequer comer ou falar como um ser humano. E você precisa de dinheiro, tempo, liberdade, paz, experiência de trabalho, rua, mulheres, estimulantes e tudo o mais que certamente suas obras-primas requerem.

Isso mesmo, senhor.

Mas não consegue. Você não tem nada disso porque viaja duas horas todo dia até o imundo centro da cidade, onde trabalha para um filho da puta que o explora, e volta para o seu apartamento, onde moram outros jovens como você, vestidos de um jeito também esquisito, e, como a casa é um chiqueiro, você começa a lavar louça na cozinha, a varrer bolas de cabelo no chão, dobrar camisetas, pendurar meias sem par, depois faz um sanduíche só de queijo porque o presunto já está baboso e meio verde, e no final do dia você se sente tão cansado e deprimido que não tem alma para sentar a fazer a única coisa de que gosta, que é escrever.

Fiquei sem palavras, senhor Estrada. Como sabia das bolas de cabelo?

Não sou ingênuo.

Estou vendo. Mas ainda não entendi o que está sugerindo, senhor.

Que você se torne um artista de verdade.

E como sugere que faça isso?, perguntou, num tom quase birrento, ajeitando o chapéu.

Aí é que eu entro. Posso lhe dar muitas coisas, como alojamento grátis, por exemplo. Tenho uma mansão na rua Disneylandia, com a melhor coleção de objetos que já se viu. E não pense que sou um depravado como Michael Jackson ou coisa assim. Só me interesso por senhoras da minha idade.

Alojamento grátis? E o que mais?

Posso lhe dar uma educação.

De que tipo?

Posso ensiná-lo a não pagar por suas refeições, ou andar em ônibus de graça. Também posso lhe dar as ruas. Conheço o bairro melhor que ninguém e posso mostrá-lo a você. Contar a história de cada recanto e apresentá-lo aos meus contatos. Ser, como se diz, seu padrinho. Daqui a um tempo, quando você souber onde está vivendo, pode abrir aqui o seu próprio negócio de turismo. Pronto.

E onde arranjo os turistas?

Eles virão sozinhos. O importante é contar histórias sobre o bairro. Enquanto houver histórias, haverá gente para ouvir. Lugares e pessoas são feitos de histórias.

Não tenho tanta certeza disso.

Você não se dedica a contar histórias?

Me dedico.

Então tenha um pouquinho de fé, está bem?

Digamos que o senhor tem razão. Que eu concordo com tudo. O que vai me pedir em troca?

Quase nada. Que escreva para mim.

Escreva o quê?

O que eu encomendar. Primeiro necessito que escreva minha história, a história dos meus dentes. Eu conto, você escreve. Nós vendemos milhões, e eu conserto meus dentes de vez. Então, quando eu morrer, você escreve sobre isso também. Porque a história de um homem nunca está completa até ele morrer. Fim de tarefa.

E o que mais?

Bem, mais tarde, se nós nos entendermos bem, posso lhe oferecer outros trabalhos.

Por exemplo?

Por exemplo, preciso de alguém para escrever um catálogo da minha coleção de colecionáveis. Porque, além de leiloeiro, sou colecionador. Tenho a melhor de todas as coleções. E como já não me resta muito tempo neste mundo, quero fazer um grande leilão e preciso de um catálogo para ele. Mas não vamos nos adiantar. Por enquanto escreva apenas a minha autobiografia dental.

O melancólico jovem Voragine afinal sorriu, mas não disse nada.

De que está rindo?

De nada. De que isso seria a sua biografia, não sua autobiografia. Ah! E também dá para ver que você vai ser um bom escritor.

Por que diz isso?

Porque quando sorri não mostra os dentes. Os escritores de verdade nunca mostram os dentes. Já os charlatães sorriem desfraldando a meia-lua sinistra da dentadura. Vá conferir. Consiga fotos de todos os escritores que respeita e verá que os dentes de todos eles são um mistério oculto para sempre. Creio que a única exceção é o argentino Jorge Francisco Isidoro Luis.

Borges?

Esse mesmo. Cego e argentino. Mas esse não conta, porque era cego e não podia se ver sorrindo, ao menos não com o sorriso que tinha quando estava cego, se é que você me entende.

Borges é meu ídolo. O senhor já leu?, perguntou o jovem Voragine com um entusiasmo infantil.

Não tanto como vou ler no futuro, respondi.

Acho que nós dois vamos nos entender bem, senhor Estrada. E eu ficaria feliz de escrever sua biografia.

É minha autobiografia, seu magrelo teimoso, porque é minha história, e eu vou contá-la. Você vai apenas transcrever.

Como quiser, senhor. Eu ficaria feliz em escrever sua autobiografia dental.

Assim está melhor.

Passamos o resto da manhã pedindo Nescafés, trocando histórias e afinando os detalhes do nosso acordo. Por volta do meio-dia, o sol de verão já começava a aquecer o piso de cimento da lanchonete. Os Nescafés nos mantinham empolgados como dois protococainômanos, e os biscoitos chineses tinham acabado.

Vamos, Voragine, disse eu, pondo uma nota de vinte sobre a mesa, Benito Juárez olhando para mim. Minha nova bicicleta está aqui fora. Acabei de ganhá-la de um amigo.

Eu também estou com minha bicicleta lá fora, disse ele.

Perfeito. Podemos pegar suas coisas e eu te levo para a Disneylandia.
Estou dentro.
Ótimo, então pronto. Vamos?
Agora?
Neste instante.

Fim da conversa.

Biscoitos da sorte de Tácito:

- 該名男子在山頂不降。
O homem no pico da montanha não cai.

- 龍仍然在深水變成獵物的螃蟹。
O dragão imóvel em águas profundas presa dos caranguejos se torna.

- 福无重至, 祸不单行。
A sorte nunca vem com um paralelo, e o infortúnio nunca vem sozinho.

- 當兩兄弟一起工作的山區轉向黃金。
Quando dois irmãos trabalham juntos, em ouro as montanhas se transformam.

- 不聞不若聞之, 聞之不若見之, 見之不若知之, 知之不若行之; 學至於行之而止矣。
Não escutar não é tão bom quanto escutar, escutar não é tão bom quanto ver, ver não é tão bom quanto saber mentalmente, saber mentalmente não é tão bom quanto agir; o verdadeiro aprendizado continua até o ponto da ação.

- 风向转变时, 有人筑墙, 有人造风车。
Quando o vento muda, algumas pessoas constroem muros, outras, moinhos de vento.

- 舌頭抗拒, 因為它是軟的, 牙齒產生, 因為他們是很難的。
A língua resiste porque é mole; os dentes cedem porque são duros.

- 把話說到心窩裡。
Ponha suas palavras na boca do estômago.

LIVRO V: AS ALEGÓRICAS

Minhas especulações me levaram à conclusão de que precisava voltar ao básico e repensar não só a semântica dos nomes, mas a própria sintaxe deles, a metafísica das palavras: Como as palavras devem ser especificadas? Qual é a natureza de uma palavra? Nomes são um tipo especial de palavra, tão especial que alguns pensaram que eles não faziam parte da linguagem. Discordo disso e enfatizarei os aspectos em que os nomes se aproximam de outras palavras, mas não discordo de que, em diversos modos, os nomes são especiais.

DAVID KAPLAN

Não tenho certeza se isto deveria estar na história, porque é uma parte que parece começar a dobrar-se sobre si mesma, de modo que me ponho confuso e agitado, e perco a mão. Mas por outro lado não vejo como pode ser evitada.

Quando Voragine e eu voltamos para a Disneylandia, descobrimos que minha casa e meu armazém haviam sido invadidos. Cada um dos itens da minha coleção tinha desaparecido. Primeiro senti um alívio enorme. Depois, alguma tristeza. E então descrença e raiva. Depois, novamente, uma forma mais profunda de tristeza misturada com alívio, quase uma leveza.

Os dias seguintes foram confusos e difíceis, e eu preferiria não falar sobre eles. Frequentei terapia de grupo. Assisti à Fórmula 1. Considerei o catolicismo. Como diz Napoleón, eu estava perdido feito uma andorinha na Antártica.

Uma manhã, quando estávamos bebendo café, Voragine tentou me convencer a ir ao dentista para que me colocassem uma dentadura provisória, de maneira que eu pelo menos pudesse ingerir comida de verdade. Resisti um pouco, mas o garoto estava certo, e sou um homem razoável, apesar de certa teimosia. Assim que recebi a nova dentadura — barata e um pouco apertada, mas funcional — comecei a ditar minha autobiografia dental.

Levei algum tempo para encontrar as estruturas mais adequadas, mas Voragine ressaltou que deveria haver um começo, um meio e um fim, e isso me ajudou a dar o primeiro passo.

Um mês depois, como eu lhe havia prometido, começamos a "Educação do Artista Voragine". Nossa primeira lição: pegar e reciclar alguns objetos que meu filho me deixou na galeria vizinha à fábrica de suco. Por volta da uma da manhã, em um domingo especialmente tranquilo, meu amigo Cachorro, que ainda trabalhava como motorista para a fábrica, veio nos buscar em um belo caminhão. Tomamos a estrada de trás, onde não havia sequer um posto de segurança. Cachorro estacionou em um beco, me entregou um conjunto de chaves, e Voragine e eu entramos no pequeno prédio adjacente à fábrica, onde fica a galeria. Começamos no escritório à direita da entrada da galeria. Não encontramos muita coisa lá, mas Voragine pegou um catálogo da escrivaninha, o que mais tarde se mostrou útil. Eu requisitei alguns lápis, que também seriam úteis, já que ele escrevia muito.

Andamos pelo lugar com cuidado, porque a galeria estava bastante escura, e havíamos decidido não acender as luzes principais, para o caso de haver câmeras. A única iluminação vinha de lâmpadas direcionadas para os objetos. Sou obrigado a dizer que, sob essa luz específica, eles ficavam mais bonitos do que eu lembrava de quando primeiro os vira na manhã do meu breve sequestro. Primeiro reconheci as fantasias de pelúcia, a partitura em seu pódio, a perna protética.

Não sou do tipo que chora, nem mesmo em filmes. Quando de repente vi meus velhos dentes — os que eu havia vendido no leilão na igreja — não chorei. Eu bufei de alegria. Eles estavam organizados em uma pequena pilha, iluminados de cima para baixo e dispostos em um pedestal branco de madeira. Eram algo notável. Peguei-os todos com minhas duas mãos e os coloquei no bolso do casaco.

O resto da operação transcorreu rápida e tranquilamente. O único objeto que nos deu algum trabalho foi o quadro de tamanho médio com um cavalo, mas juntos conseguimos arrastá-lo para o caminhão, e Cachorro nos ajudou a colocá-lo dentro. Umas duas horas depois, nós três estávamos de volta ao meu armazém, estudando a nova coleção de objetos e bebendo de uma garrafa de Aguardiente, contribuição do Cachorro. "Melhor o homem de sorte do que o filho do homem de sorte", Cachorro disse antes de cair no sono na cadeira Acapulco. É impossível não amar um homem como aquele.

Na manhã seguinte acordei Voragine às sete da manhã e o levei à cozinha. Cachorro tinha ido para casa — ele é um homem que jamais dá trabalho aos outros. Entreguei ao meu jovem aprendiz uma xícara de café e vários cadernos Scribe. Eu havia tido uma boa ideia para um leilão, e boas ideias não caem do céu, por isso queria registrá-las em papel imediatamente.

A série se chamaria "Alegóricas de Ecatepec", e eu reciclaria nossos novos objetos coletados contando histórias que usavam nomes coletados dos meus amigos e conhecidos do bairro, dando o crédito devido aos artistas que criaram as obras e usando como guia o catálogo que havíamos requisitado. Sem complicações. As melhores ideias, assim como os melhores objetos, são simples.

Mas, se usarmos os nomes reais dos artistas, disse Voragine, vamos ser descobertos.

Sim, bem pensado, meu jovem. Teremos que modificá-los.

Mas, se fizermos isso, continuou ele, os objetos vão perder seu valor.

Não vão, não.

Vão, sim.

Voragine, por favor cale a boca e escreva o seguinte:

Lote alegórico nº 1: Quadro com cavalo
Artista: Doug Sánchez Aitken
Listagem: 1M

Todo mundo sabe que os cavalos não têm compaixão, comentei com Alan Pauls. Um cavalo pode ver você chorando ali na sua frente, e só mastiga aquela palha e pisca. Se você começa a chorar mais alto, com os olhos marejados de dor e de lágrimas, o cavalo pode levantar a junta do rabo e soltar uma flatulência longa e silenciosa. Não há maneira de comovê-los. Uma vez sonhei que um cavalo me lambia insistentemente a cara e me pedia perdão. Mas isso não vale, porque foi sonho.

Garanto que os cavalos que trabalham no Central Park da ilha de Manhattan se deprimem, disse Alan Pauls quando me aventurei a lhe propor minha teoria. Tínhamos nos encontrado em frente à banca de jornal de Rubén Darío Jr., ambos esperando o ônibus. Notei que Alan Pauls olhava com certa melancolia para o outdoor à nossa frente, do outro lado da rua. Um anúncio mostrava uma foto de um cavalo, talvez de fato um pouco triste, parado junto a uma cama num hotel de Nova York.

E como você sabe que os cavalos do Central Park são deprimidos?

Ele contou que tinha lido recentemente um artigo sobre a psicologia dos cavalos nova-iorquinos.

Em que jornal?, continuei interrogando.

Foi no jornal que ele acabara de comprar na banca de Rubén Darío Jr. Estava na sua pasta, caso eu me interessasse em ler o artigo — era um jornal desses baratos, mas fidedignos, esclareceu. Os cavalos do Central Park de Nova York, o repórter do jornal gratuito porém confiável tinha dito, ficam deprimidos.

E como sabem disso?, perguntei.

Há provas empíricas e científicas, disse ele, já ficando um pouco impaciente. Então tirou o jornal da pasta, abriu-o e procurou o artigo. Localizou rapidamente e começou a ler em voz alta, fazendo pausas oportunas e levantando o olhar de quando em quando para encontrar o meu e verificar que estava prestando atenção absoluta: Os cavalos daquela cidade 1) correm a toda a velocidade e estatelam o focinho e a cabeça contra as paredes dos edifícios; 2) têm uma crina que cai aos montes; 3) mordem os cascos até quase arrancá-los; 4) defecam deitados em vez de caminhando, como fazem todos os cavalos normais; 5) alguns, em determinado momento, se suicidam.

Quando terminou de ler o artigo, voltou a dobrar o jornal e o sobraçou. Sorriu-me vagamente. Continuamos esperando o ônibus juntos, olhando em silêncio para o outdoor do outro lado da rua.

Lote alegórico nº 2: Janela feita de luz
Artista: Olafur Sánchez Eliasson
Listagem: 5M

A costureira aposentada Margo Glantz só acordou seu filho quando o jantar acabou. Na última semana, Margo Glantz, que padecia de insônia, se irritava com a presença do filho, David Miklos, que por sua vez padecia de narcolepsia. David Miklos perdera seu trabalho de caixa na Farmácia da Economia, pois havia dormido mais de uma vez e nas circunstâncias mais imprevisíveis. Agora, já fazia uma semana que ele passava o dia inteiro tirando sonecas repentinas em qualquer canto da casa. Margo Glantz o considerava indolente, ocioso e frouxo, pois não sabia do seu transtorno. Secretamente, talvez, cobiçava essa capacidade de dormir em qualquer hora do dia.

Numa segunda-feira à tarde, enquanto David Miklos tirava outro cochilo inoportuno na poltrona, Margo Glantz colou na testa dele uma fileira de selos, lambendo cada um com a ponta da língua, e o levou nos braços para a agência de correios. Depositou-o suavemente sobre o balcão e pediu à moça que o enviasse para Suriname. A moça olhou-a com ar de superioridade e disse que aquele pedido era impossível de ser realizado porque faltavam quatro selos — eram necessários nove selos para a África e aquele pacote só tinha cinco.

Mas Suriname fica na América do Sul, sua idiota, objetou Margo Glantz.

Então são doze selos, corrigiu a moça.

Além do mais, disse, a agência de correios já estava fechando, de modo que ela teria que voltar no dia seguinte.

Margo Glantz voltou no dia seguinte e também no seguinte, com David Miklos dormindo pacificamente em seus braços. Mas sempre faltava alguma coisa — um selo, uma carta registrada em cartório para encomendas de dimensões não convencionais, mais dinheiro, uma identificação oficial, o código postal completo do endereço que informou em Paramaribo. A moça — que talvez não fosse a mesma sempre, mas parecia — a olhava com desprezo e pedia que voltasse no dia seguinte.

Na manhã do sétimo dia, domingo, Margo Glantz decidiu deixar David Miklos dormir. Acordou cedo, tomou um banho morno e foi a uma pet shop. Como não havia cães à venda, ela se contentou com um coelho de segunda mão. Chamou-o de Cockerspaniel. O coelho era muito velho, talvez ancião, e quando tentou colocar-lhe uma correia para sair da loja, ele resistiu. Levou-o no colo para casa e o deixou no piso da sala, ao pé da poltrona em que David Miklos continuava dormindo.

Margo Glantz levou para a sala uma cadeira da cozinha, procurando fazê-lo ruidosa e lentamente. Pôs para tocar um disco da cantora Taylor Mac, sentou-se, cruzou as pernas e, cantando em altos brados, olhou intensamente para Cockerspaniel, que, por sua vez, olhou para ela com extrema displicência, até que fechou os olhos e adormeceu profundamente. Margo Glantz viu que o coelho tinha escolhido uma lajota ensolarada no piso para fazer a sesta e sentiu uma inveja enorme daquele animal. Pensou em levá-lo imediatamente à agência de correios e enviá-lo para Suriname — ou para onde fosse. Mas logo descartou a ideia, pois lembrou que a nojenta, ridícula e ineficiente agência postal nem abria aos domingos. Depois tentou acordá-lo, mas o coelho entreabriu uma pálpebra e voltou a dormir.

Margo Glantz passou a tarde toda olhando o seu filho dormir, e também Cockerspaniel, que quase imperceptivelmente foi deslizando seu corpo pequeno e peludo pela sala, à medida que o sol caía e o paralelogramo de luz que entrava pela janela e se projetava no piso ia se movendo em direção à parede, indicando à sua maneira o passar das horas.

Quando o sol finalmente se pôs e o remendo de luz desapareceu por completo, Cockerspaniel abriu os olhos. Margo Glantz estava ao seu lado, em pé, segurando uma frigideira pelo cabo. Com a base, bateu cinco vezes na cabeça dele. Uma vez morto, esfolou-o cuidadosamente e depois cozinhou com alecrim, louro e vinho branco. Quando acabou de jantar, acordou carinhosamente David Miklos e abriu de par em par a janela da sala para deixar entrar o vento fresco, úmido da noite.

Lote alegórico nº 3: Fantasias de rato e camundongo
Artista: Peter Sánchez Fischli
Listagem: 3M

A jovem senhorita Valeria Luiselli, estudante medíocre do ensino médio, gaguejava frequentemente e abusava da terminação "mente". Como seus pais, a senhora Weiss e o senhor Fischli, queriam que discursasse no dia da sua festa de quinze anos, mandaram-na fazer aulas de canto, dicção e retórica. Ia ser uma comemoração elegante no salão de festas do bairro, e a garota precisava se preparar.

Para as aulas de retórica e dicção contrataram o famoso professor Guillermo Sheridan. A primeira frase que o mestre ensinou Valeria Luiselli a dizer foi: "Tito Lívio era cocoroca e Octavio Paz era cabeçudo". A garota tinha muita dificuldade para pronunciar corretamente essa frase, apesar de ser tão curta e simples. Toda vez que errava o professor Guillermo Sheridan batia com uma varinha na palma das suas mãos. A moça teve que repetir essa mesma frase cento e doze vezes antes que o professor desse por terminada a primeira sessão.

Naquela noite, enquanto jantavam polvo à galega com arroz branco, os pais de Valeria Luiselli perguntaram à filha como tinha sido sua primeira aula de retórica e se havia aprendido algo de valioso que quisesse compartilhar com eles. A moça disse:

Tito Lívio era coco.

Como assim, filha?, perguntou o pai.

Tito Lívio era coco, repetiu a púbere.

Os pais de Valeria Luiselli se entreolharam e comeram o resto do polvo em silêncio.

Nessa noite os genitores da garota vestiram suas fantasias de pelúcia de gato e rato e, em vez de ler ou ver televisão, como faziam quase todas as noites, se entregaram a um coito extravagante, ruidoso e ininterrupto. Depois de terminar, ainda com as fantasias semivestidas, o casal ficou olhando para o teto em silêncio.

Lote alegórico nº 4: Montanha de merda
Artista: Damián Sánchez Ortega
Listagem: 4M

Yuri Herrera, capitão do grupo Alfa, foi considerada a melhor policial de trânsito em 2011. Durante um domingo de insônia, a comandante Herrera decorou inteiro o famoso monólogo de *Macbeth* que começa com "Amanhã, amanhã e amanhã". Recitou-o em frente ao espelho pela última vez às cinco e vinte e cinco da manhã, enquanto com vários grampos prendia o cabelo num coque apertado. Depois, ainda se olhando no espelho, pôs o apito entre os dentes e soprou.

Foi para a rua com aspecto impecável. Ao dobrar a esquina de Amapola com Amapolas, encontrou sua colega, a policial Vivian Abenshushan, negociadora de reféns do grupo Omega.

Como estamos hoje, Abenshushan?, perguntou-lhe.

O indivíduo suspeito da avenida Morelos em um carro suspeito rumo ao Parque do Amor, parceira. Chegamos bem a tempo.

A comandante Abenshushan era mais alta e mais forte que a comandante Herrera, mas ambas eram igualmente valentes.

Nisso passaram, em bicicletas idênticas, Terence Gower e Rubén Gallo, donos da sauna pública Cuscuz com pauzinhos, localizada na rua Açucena. Cumprimentaram as duas policiais enquanto pedalavam suas bicicletas. As duas policiais se ajeitaram melhor, sorriram e devolveram a saudação soprando os apitos. Logo depois passou o indivíduo suspeito, que abaixou a janela do seu Nissan Tsuru marrom e jogou uma garrafa de plástico vazia contra elas. A garrafa ricocheteou no braço e depois caiu aos pés da comandante Abenshushan, que a chutou para a rua com toda a força, cheia de uma compreensível raiva. Por culpa daqueles amáveis ciclistas, tinham deixado passar, novamente, o indivíduo suspeito que todas as manhãs lhes jogava uma garrafa de Coca-Cola vazia.

Minha vida é uma montanha de merda, disse a comandante Abenshushan num tom ligeiramente dramático. A comandante Yuri Herrera, que por ser mais velha estava mais bem preparada para suportar os embates de um outro dia idêntico ao anterior, e ao seguinte, e ao seguinte, recitou para a sua jovem companheira, com a veemência e o afinco que só se aprendem na escola de polícia, o monólogo de Shakespeare que havia decorado na noite anterior.

A comandante Abenshushan ouviu atentamente, com a ligeira desconfiança de que sua parceira estava começando a revelar sinais de amolecimento cerebral. Mas logo em seguida reprimiu esse pensamento em seu foro mais íntimo e apitou duas vezes, como agradecimento pela empatia que a comandante Herrera demonstrava. Sentindo que já mereciam uma pausa, a comandante Herrera e a comandante Abenshushan decidiram ir comer tortilhas *gorditas* na barraca de Toño Ortuño, As Gordas de Pancho Villa, na esquina de Isabel a Católica com Guillermo Prieto, com a esperança de que a manhã passasse velozmente.

Lote alegórico nº 5: Perna protética
Artista: Abraham Cruzvillegas Sánchez
Listagem: 6M

Um dia Unamuno foi a uma loja para comprar ovos. Unamuno não comia ovo, mas sua mulher, que usava uma perna de pau, queria fazer uma omelete e pediu a ele que comprasse ovos na loja de Daniel Saldaña Paris. Recomendou expressamente que fossem ovos brancos, e não vermelhos.

Unamuno voltou da loja com um saco de papel cheio de ovos vermelhos. Examinando o saco e percebendo que os ovos não eram da cor que tinha pedido, a mulher gritou: Babaca!, e o obrigou a ir novamente à loja e comprar ovos brancos.

Unamuno voltou à loja, onde dessa vez conseguiu ovos brancos. Quando voltou para casa, sua esposa estava dormindo na cama. A mulher tinha deixado a perna de pau encostada na escrivaninha, como costumava fazer sempre que tirava um cochilo no meio da manhã.

Então Unamuno pousou o saco de ovos no chão atapetado e, utilizando a perna postiça, deu seis pancadas na mulher, até acordá-la.

Lote alegórico nº 6: Morcego
Artista: Miguel Sánchez Calderón
Listagem: 6M

Estava Guillermo Fadanelli lendo *A fenomenologia do espírito*, do autor um terço seu xará Jorge Guillermo Federico Hegel, quando entrou de repente um anão no restaurante Estrela de Shanghai e sentou-se à sua frente, puxando uma cadeira. O anão se identificou como Púshkin. Pediram umas cervejas ao garçom e de repente o anão começou a chorar. O motivo do seu pranto, como contou a Guillermo Fadanelli, era que seu pai era um ancinho. A palavra que utilizou foi донжуан, e não se sabe se a tradução "ancinho" é correta.

Meia hora depois Púshkin se despediu de Guillermo Fadanelli. Logo a seguir entrou no bar outro anão e veio se sentar à mesa. Guillermo Fadanelli convidou-o para tomar uma cerveja. Tirando um lenço do bolso, e após assoar ruidosamente o nariz, o anão disse que se chamava Gógol e que o motivo da sua desgraça era que tinha descoberto que seu pai era um depravado. Nesse caso, a palavra que usou foi вырождаться. Tudo parece indicar que a tradução "depravado" é correta.

Quando o anão Gógol partiu, entrou no bar um terceiro anão. Previsivelmente, repetiu a mesma rotina que os dois anões anteriores e foi se sentar à mesa. Estudando-o enquanto assoava o nariz, Guillermo Fadanelli disse: deixe-me adivinhar, seu nome é Dostoiévski e você tem uma vida miserável porque sua mulher é uma трутень. O terceiro anão olhou para ele, estupefato. Por que diz isso?, perguntou, depois de beber um longo gole de cerveja. Guillermo Fadanelli lhe respondeu que догадался по горячности своего голоса e sorriu com um pouco de ironia. Você está enganado, Guillermo. Meu nome é Daniil Kharms e só assoei o nariz porque sou alérgico ao pólen.

Nesse momento, o garçom trouxe para a mesa uma cestinha de biscoitos chineses da sorte. Guillermo Fadanelli pegou um e abriu-o em duas metades, com um movimento semelhante ao que se faz para abrir um ovo. Deixou o papelzinho cair na mesa. Depois, desdobrando-o sem pressa, leu em voz alta:

O morcego da história deve ter esse aspecto. Seu rosto está dirigido para o passado. Onde nós vemos uma cadeia de acontecimentos, ele vê uma catástrofe única, que acumula incansavelmente ruína sobre ruína e as dispersa a nossos pés. Ele gostaria de parar para acordar os mortos e reconstituir, a partir dos seus fragmentos, aquilo que foi destruído. Mas do paraíso sopra um furacão que se enrodilha em suas asas, e que é tão forte que o anjo já não as consegue fechar. Esse vendaval arrasta-o inevitavelmente para o futuro, ao qual ele vira as costas, enquanto o monte de destroços à sua frente cresce até o céu. Esse furacão é o que chamamos de progresso. (WALTER BENJAMIN, levemente modificado)

Tudo isso está aí no papelzinho?, perguntou Daniil Kharms.

Está, respondeu Guillermo Fadanelli.

Não acredito, replicou Kharms, e lhe deu um tiro na testa.

E então pegou um biscoito na cestinha que o garçom continuava oferecendo. Simulando os movimentos do seu companheiro já morto, partiu-o em duas metades iguais, deixou cair o papelzinho na mesa e, pouco antes de atirar em si mesmo, leu:

Ao morder brotos de bambu com seus dentes, lembre-se do homem que os plantou.

Lote alegórico nº 7: Bonsai baobá
Artista: Sam Sánchez Durant
Listagem: 3,5M

Mario Levrero tivera um mês miserável. Setembro já estava acabando e não tinha conseguido vender um único seguro de vida; aparentemente mais ninguém temia a morte. Na sexta-feira, quando saiu do trabalho, a empresa Seguros o Tempo Todo, foi até o viveiro do senhor Alejandro Zambra e comprou um bonsai de baobá. Estava se sentindo tão diminuído que tentou o suicídio pendurando-se num galho daquela árvore pequeníssima. Falhou por pouco.

Lote alegórico nº 8: Cachorro de pelúcia
Artista: Maurizio Sánchez Cattelan
Listagem: 2,3M

Alguns anos atrás, Álvaro Enrigue, motorista da rodovia 100, tentou propositalmente atropelar uma anciã paralítica na avenida Revolução. Ele cumpriu um breve mas horrível período de prisão. Quando já tinha sido liberado, uma tarde o encontrei na cantina Faça-se a Lux, da senhora Abramo, e ele me contou que naquele dia fatal o escrivão Juan José Arreola tinha subido no seu ônibus na esquina de Colina Bonita com a avenida Interior. Quando o viu, Álvaro Enrigue soube que a presença dele era um mau presságio. De fato, no ponto seguinte, uns gêmeos usando camisas de manga, que se identificaram para ele como Oscar de Pablo e Pedro de Pablo, subiram no ônibus com uma senhora sentada numa cadeira de rodas que tinha nos braços um cachorro dormindo. Os dois a levantaram da cadeira de rodas, puseram-na num banco ao lado do senhor escrivão e desceram do ônibus em silêncio. O cachorro continuou dormindo como um bebê nos braços flácidos da velha.

Duas quadras adiante, ela quis descer. Pediu em inglês: "Stop". No ponto, estavam à sua espera os mesmos jovens em camisas de manga, segurando a cadeira de rodas cada um por uma alça. Entraram no ônibus, pegaram a velha e, uma vez na calçada, puseram-na outra vez em sua cadeira de rodas, com o cachorro dormindo pacificamente nos braços. Poucas quadras adiante, os mesmos dois homens, com a senhora ainda sentada na cadeira de rodas, fizeram sinal. Repetiu-se a mesma situação, e duas esquinas depois a senhora quis descer de novo, gritando: "Stop".

Enquanto isso o escrivão Juan José Arreola fingia abatimento, incapaz de dizer ou fazer coisa alguma diante daquela situação evidentemente abusiva e intolerável, tanto para o motorista como para alguns passageiros.

Na rua Barranca subiram no ônibus o senhor Paco Goldman Molina e a senhora Guadalupe Nettel. Imediatamente empunharam suas *jaranas* e começaram a tocar "La guanábana". Álvaro Enrigue sorriu de leve, virou à direita na rua Revolução e pediu a Paco e Guadalupe a canção "La Baraja". Enquanto Paco Goldman cantava os infortúnios da iguana e Guadalupe Nettel ponteava, repetiram-se a subida e descida da velha paralítica e do seu cachorro adormecido, auxiliadas pelos gêmeos funestos.

Álvaro Enrigue não aguentou mais. O copo semivazio da sua proverbial paciência espartana havia transbordado. Quando os gêmeos em camisas de manga, parados como duas esfinges malévolas na esquina de Revolução e Jornalismo escoltando a senhora na cadeira de rodas e o seu cachorro hediondamente adormecido, fizeram sinal novamente, ele jogou o ônibus em cima dos quatro. Tanto os gêmeos como a velha, que demonstrou não ser paralítica em absoluto, conseguiram chegar para o lado e driblar o ônibus. O cachorro, porém, morreu nessa infeliz adversidade.

Lote alegórico nº 9: Partitura em tripé
Artista: Fernando Sánchez Ortega
Listagem: 3M

Mario Bellatin e César Aira endireitaram seus casacos pretos, ajustaram seus óculos de sol e olharam atentamente para a pontuação na frente deles. Tomando um fôlego profundo e sincronizado, começaram, em C maior: "O Senhor é meu pastor, nada me faltará".

Fim das alegóricas. Quando terminei de ditar, fiz um lanche de pão com tomate para Voragine e para mim mesmo, e nos sentamos em minhas cadeiras Acapulco para assistir à televisão. Nunca se sabe quando a sociedade vai criar montanhas a partir de montinhos de terra. O noticiário tinha todas as suas luzes vermelhas acesas. Um grande roubo havia sido relatado na galeria pertencente à fábrica de suco. A polícia tinha detido um suspeito, cujo nome ainda não podiam revelar, mas que estava ligado à fábrica. Nosso primeiro ímpeto foi temer pelo Cachorro. Depois, um pouco por nós mesmos. Mas quando eu telefonei para ele, sua mulher disse que ele estava tirando um cochilo. Eu tive certeza de que haviam prendido Sidarta.

E eu estava certo, não estava, Voragine?

Sim, Estrada, estava certo.

Ainda assim, decidimos que precisávamos nos livrar dos lotes o quanto antes. Naquela noite, pedimos a ajuda do Cachorro para levá-los ao ferro-velho do sr. Ibargüengoitia, na rua Ferrocarril. Recebemos cem pesos por eles.

E agora acho que posso dizer que vivi feliz para sempre, certo, Voragine?

Acho que sim, Estrada.

Então escreva isso e vamos sair para encontrar algumas mulheres.

會偷蛋, 就會偷牛。

[Aquele que rouba um ovo roubará um boi.]

LIVRO VI: AS ELÍPTICAS

Se "o autor de Waverley*" significasse outra coisa que não "Scott", "Scott é o autor de* Waverley*" seria uma falsa afirmação, e não o é. Se "o autor de* Waverley*" significasse "Scott", "Scott é o autor de* Waverley*" seria uma tautologia, e não o é. Portanto, "o autor de* Waverley*" não significa "Scott" nem significa outra coisa — i.e., "o autor de* Waverley*" não significa nada.*

BERTRAND RUSSELL

Quando conheci Estrada, ele estava doente e fraco. Quando se olhava em algum espelho dizia que estava parecendo uma galinha preta e soltava um cacarejo. De fato, tinha pouco cabelo, perenemente arrepiado em direção ao céu; pernas venosas e muito magras; barriga redonda e proeminente. Havia perdido a sua amada dentadura postiça, de maneira que até uma atividade tão cotidiana como falar lhe parecia não impossível, mas uma batalha constante contra a humilhação. Mas Estrada era um homem de temperamento fácil. Nunca deixava de acordar cedo, de bom humor, e então ligava o rádio em uma estação que tocasse boa música e fazia café para nós dois. Eu me juntava a ele na cozinha um pouco mais tarde, pronto para escutar suas histórias e fazer anotações.

Quando Estrada começou a me contar suas histórias, cheguei a pensar que ele fosse um mentiroso compulsivo. Mas, depois de viver com ele, percebi que tinha menos a ver com mentir do que com superar a verdade. Estrada foi um espírito desses enormes, eternos. Sua presença às vezes era ameaçadora, não porque fosse uma ameaça real para alguém, mas porque contra a sua liberdade feroz todos os parâmetros com que estamos acostumados a medir o mundo pareciam triviais. Estrada tinha mais vida em si mesmo do que o homem comum. Mesmo agora, após sua morte, há pessoas que julgam ter um vislumbre dele passando apressado, gravitando em direção a um lugar ou outro, sempre montado na bicicleta que ele adquiriu no Pavilhão de Bicicletas Gower do lado de fora da fábrica de suco [imagem 1]. O Cachorro sempre diz que, em certas manhãs, sob a primeira luz do dia, ele pode ser visto no topo de uma das montanhas que delimitam a bacia escavada desse lugar ermo.

Transcrevi suas histórias, e meus antigos colegas de casa imprimiram em pequenos livretos em sua gráfica na Rincón Cultural [imagem 2]. Estrada não chegou a vê-los, mas tenho certeza de que ele teria ficado orgulhoso. Em troca de meu trabalho com as transcrições, Estrada não apenas me deu casa e comida, como também educação. Ele me levava para fazer passeios diários a pé ou de bicicleta pelas ruas de Ecatepec, convencido de que um dia eu me tornaria o primeiro guia turístico da região. No início, a ideia pareceu tola. Se existe uma materialização física do nada neste mundo, ela é Ecatepec de Morelos. Mas, com o tempo, tenho passado a acreditar que neste caso, como em quase tudo o mais, Estrada tinha razão. Por meio de suas histórias, Ecatepec se tornou habitável para mim, então talvez um dia, se eu contar essas histórias, ela se torne um lugar que outras pessoas queiram visitar.

No dia em que nos conhecemos, depois de ir buscar minhas poucas coisas no apartamento que dividia com Carinho e Compreensão, fomos para a casa dele na rua Disneylandia [imagens 3 e 4]. O primeiro lugar onde entramos foi seu armazém. Ele me conduziu como se estivéssemos adentrando uma espécie de templo. Estrada se movia lentamente pelo espaço, em silêncio, o traço de um sorriso sem dentes desenhado em seu rosto. Eu seguia alguns passos atrás. Apontando para cantos vazios, ele descrevia objetos, nenhum dos quais estava de fato lá: coleções de dentes, é claro, mas também mapas antigos, partes de carros, bonecas russas, jornais em qualquer idioma imaginável, moedas antigas, pregos, bicicletas, sinos, portas, cintos, suéteres, pedras, máquinas de costurar. Ele me deu um passeio febril pelo que chamava de sua grande coleção de colecionáveis. É difícil dizer se aqueles foram momentos tristes ou luminosos.

Estrada era dono de uma coleção de objetos inimaginavelmente rica e diversa, que um dia iria oferecer num grande leilão final. Era um homem que amava os objetos deste mundo. Seu amor ia além do valor material real desses objetos; ele os valorizava por aquilo que, de algum modo, em silêncio, continham. Desde pequeno obedeceu ao impulso de colecionar meticulosamente tudo o que lhe parecia colecionável, de moedas que encontrava na sarjeta e botões que se soltavam das camisas dos colegas da escola até as unhas do pai e os negros e longos cabelos da mãe.

Tarde, mas nem tanto, aos quarenta e dois anos de idade, descobriu sua vocação de leiloeiro. Fazia dois anos que estava morando com a Magra e seu filho Sidarta, que era ainda um infante. Tinha a vida pela frente. Mas quando Estrada viajou aos Estados Unidos com uma bolsa para aperfeiçoar seu treinamento como leiloeiro, a Magra o deixou. Durante a ausência de Estrada, essa senhora conheceu um iucatego abastado, muito católico, e foi morar com ele, levando Sidarta consigo. Morreu poucos anos depois, mas no testamento deixou estabelecido que Sidarta devia ser criado pelo padrasto. Creio que Estrada não tinha instrumentos para saber que esse pedido da Magra não podia ter valor legal algum. Minha impressão é que Estrada nunca se recuperou do golpe que tudo isso significou para ele, embora tivesse recursos emocionais suficientes para superar a dor.

Apesar de toda a sua preparação e do talento nato para a arte dos pregões, na realidade Estrada teve pouca sorte como leiloeiro quando voltou para o México. Endividou-se para comprar um terreno no seu bairro de infância, na rua Disneylandia, onde construiu uma casa precariamente habitável. Essa casa foi sua moradia por mais de duas décadas. Ao lado da casa Estrada construiu um armazém, acima do qual pendurou um letreiro com a legenda CASA DE LEILÕES OKLAHOMA-VAN DYKE.

Estrada permaneceu numa espécie de exílio voluntário na sua casa durante os dois anos seguintes. Só saía para comprar latas de comida na esquina e objetos diversos no depósito de sucata do famoso colecionador-sucateiro Jorge Ibargüengoitia [imagem 5]. Toda semana ele comprava, trocava ou apanhava objetos que despertavam sua atenção. Aos domingos, às vezes organizava leilões elípticos em sua casa, mas esses eventos nunca foram totalmente formalizados. Frequentavam essas sessões domingueiras, se tanto, vagabundos, bêbados e vizinhos solitários. Ninguém comprava nada, então o armazém foi ficando lotado de objetos inúteis. Isso deve ter deprimido Estrada mais do que ele mesmo percebia.

Passou o tempo, e um dia um vizinho bem-intencionado da Disneylandia, Carlos Velázquez, entrou em contato com Sidarta para lhe dizer que Estrada tinha "queimado os fusíveis". Estava nas últimas, por assim dizer. Aparentemente não saía mais de casa nem para comprar comida ou objetos. Às vezes saía para tomar sol, sentado na cadeira Acapulco, que colocava em frente à porta da casa. Passava longas horas imóvel, olhando à distância ou às vezes polindo com um paninho algum objeto da sua coleção. Segundo outra vizinha, Laia Jufresa, Estrada tinha um aspecto mortiço, quase cadavérico. "Os olhos dele pareciam duas lâmpadas peladas, dessas de néon branco." Seus dias estavam contados.

Sidarta, um rato ambicioso do pior tipo, viu isso como uma oportunidade para tomar a coleção do pai, não tanto porque a considerava valiosa, mas porque via nela um valor folclórico suficiente para fazer uma boa estreia pública. Como a maior parte dos curadores, ele desejava ter um trabalho próprio — e que posição seria melhor para começar do que essa? Sabendo que não chegaria a lugar nenhum com as próprias pernas, decidiu conversar com o padre do bairro. Ele sugeriu que se fizesse um leilão, de cujos ganhos sairia uma porcentagem razoável para beneficiar a igreja. Quando, por sua vez, o padre Luigi Amara, da igreja de Santa Apolônia, soube da situação de Estrada, viu uma oportunidade de matar dois coelhos com uma cajadada só: arrecadar fundos e arrecadar fundos. Fez uma visita a Estrada e lhe propôs um "leilão mancomunado". Fecharam o trato.

Alguns dias antes do leilão, Sidarta entregou ao padre Luigi um testamento para Estrada assinar, no qual se determinava que nosso herói doava toda a sua coleção de colecionáveis ao filho. Na manhã do leilão, enquanto esperava na sacristia por seu momento de entrar, Estrada assinou o documento sem sequer ler. Nunca saberei com certeza se ele percebeu que, com aquela assinatura, estava entregando toda a sua vida a Sidarta. Minha impressão, depois de todo esse tempo matutando no assunto, é que sim, que de algum modo sabia. Isso explicaria a elegante ironia com a qual Estrada, depois que todos os lotes haviam sido leiloados, olhou para Sidarta bem nos olhos e perguntou: Quem dá mais por mim e meus dentes?

De fato, no dia anterior à manhã em que nos conhecemos, Estrada e seus dentes haviam sido comprados em um leilão a preço de banana por seu filho Sidarta Sánchez Tostado. Existem diversas versões sobre o que aconteceu em seguida. Alguns dizem que, após o leilão, Sidarta o encheu de narcóticos, e, quando o pobre Estrada caiu em um sono profundo e indefinidamente longo, ele o levou para um dispensário dental onde dois doutores removeram seus preciosos dentes. Segundo outra versão, quando o leilão chegou ao fim, pai e filho foram para uma cantina para acertar as contas e, no auge de sua bebedeira, enquanto Sidarta tentava arrastar seu pai para o carro, Estrada bateu com tanta força no asfalto que acabou perdendo os dentes. Parece improvável. Embora Estrada sempre tenha se recusado a me dizer qual das duas versões correspondia à verdade, talvez simplesmente porque não se lembrasse com clareza, creio que a primeira é a correta: foram aqueles doutores sinistros que, sob as ordens do ainda mais demoníaco Sidarta, removeram seus dentes.

O que é certo, uma vez que há registro em vídeo para provar, é que, na noite que sucedeu o leilão, Sidarta depositou seu pai em um dos salões da galeria de arte Jumex. Mais precisamente, Sidarta o jogou num quarto em cujas quatro paredes se projetava uma videoinstalação na qual uns palhaços olhavam para o espectador com displicência total, talvez piscando ou suspirando vez por outra; uma peça, aliás, espantosa mas muito efetiva, do conhecido artista Ugo Rondinone [imagem 6]. Depois de largá-lo em frente à instalação dos palhaços catatônicos de Rondinone, Sidarta entrou num dos quartos protegidos onde se guarda o equipamento audiovisual da galeria e, através de um dos sistemas de alto-falantes, teve uma conversa remota com o pai. Conversa é um modo de dizer: Sidarta se esforçou para atormentá-lo e torturá-lo o melhor que pôde, e gravou tudo, provavelmente para uso futuro. Ele encarregou-o de executar uma série de tarefas lunáticas, tais como encontrar monografias sobre a Revolução Russa e um fusca branco. Mas o nosso herói local era feito de material mais resistente. Quando o inquebrável Estrada finalmente foi capaz de reunir energia suficiente para sair da "sala de fantasmas", como muitas vezes se referiu ao lugar enquanto narrava o episódio, ele montou em uma bicicleta e pedalou em direção ao nascer do sol ao longo daquela rua agora lendária: Sonora Oriente, onde os nossos caminhos felizmente se cruzaram.

Os próximos dias, após descobrir que tinha perdido tudo, foram difíceis para Estrada. Ele caiu em um silêncio solene, que só depois de algum tempo quebrou para dizer: "Acho que eu me tornei uma pessoa terrível. Na verdade, eu me tornei um réptil. Sabia que os répteis são estúpidos porque quase toda a sua capacidade cerebral é usada para sentir medo?". Eu o estimulei a colocar uma dentadura temporária, de modo que pudesse comer direito, e que assim tivéssemos condições de começar a transcrição da autobiografia dental. Embora ele tenha resistido no princípio, finalmente consentiu, e começamos a trabalhar.

Mas Estrada ainda não tinha se recuperado totalmente, e existia como se em meio a uma neblina cinzenta. Foi por volta desses dias que ele se inscreveu por moto próprio no "Grupo Serenidade Ecatepec, Neuróticos Anônimos", localizado na rua Pensadores Mexicanos, ao lado da oficina de conserto de armas de fogo El Buho [imagem 7]. Suas quatro semanas com o Grupo Serenidade Ecatepec terminaram primeiro mal e depois bem. Mal, porque as primeiras reuniões o convenceram de que ele era um homem doente, coisa que não era, e ele quase foi convencido a se trancar num monastério católico. E bem, porque em sua segunda semana lá, conheceu uma aguerrida dirigente sindicalista, La Elvis, que quando escutou seu relato na terceira sessão do grupo convenceu-o de que ele não era em absoluto neurótico, mas um homem íntegro, mental e emocionalmente saudável, cujo malogrado e malcriado filho o despojara do que lhe era próprio. Ela disse-lhe que tinha visto um monte de dentes exibidos em uma galeria ao lado da fábrica de suco, como se fosse o trabalho artístico de alguém, e o incentivou a fazer algo a respeito. Estrada se sentiu reconhecido.

No dia seguinte fomos à galeria na fábrica e tomamos de volta o que por direito lhe pertencia, além de alguns objetos extras, que decidimos vender em algum leilão no futuro. Nunca fomos adiante com a ideia do leilão, mas Estrada encontrou e manteve seus dentes, e eles foram colocados em uma dentadura por seu velho amigo Luis Felipe Fabre. No futuro, pensou, quando ele tivesse juntado dinheiro suficiente, implantaria todos eles individualmente. Mas por enquanto ele apenas usava a dentadura de acordo com seu humor — ou seja, às vezes com, às vezes sem.

Com os novos dentes, Estrada recuperou a vontade de viver seus meses finais em paz. Todas as noites, tínhamos sessões de "Educação do Artista Voragine" nos bares de bairro. Nos afeiçoamos especialmente a um chamado Secret of Night [imagem 8], onde conhecemos um jovem cantor e compositor chamado Juan Cirerol, com quem Estrada se apresentou todas as noites por algumas semanas. Assisti aos dois na noite em que fizeram um, francamente inspirado, dueto do clássico de Johnny Cash "Highwayman", seguido pela agora famosa "Metanfeta", de Cirerol. Quando o bar começava a fechar, o proprietário deixava que Estrada leiloasse suas histórias. Foi no Segredo da Noite que Estrada começou a pôr em prática o seu famoso método alegórico, que tinha concebido anos antes, em que não se leiloavam objetos, e sim as histórias que davam valor e significado aos objetos. As alegóricas, segundo Estrada, eram "os leilões pós-capitalistas de reciclagem radical que salvariam o mundo da sua condição de lixeira da história".

Em suas últimas apresentações, Estrada, que de modo algum era carente de criatividade, aprendeu a tirar proveito dos momentos em que a dentadura saía de seu controle para tirá-la por completo. Pegava-a entre os dedos, como fazem as sevilhanas com as castanholas ao dançar flamenco e, dependendo do momento, a fazia falar ou cantar e contar histórias fascinantes dos objetos que um dia tinham formado parte dos seus colecionáveis. Cada vez mais gente ia vê-lo. Todo mundo saía encantado com o espetáculo da dentadura de Estrada e as histórias fascinantes que narrava.

Ele sempre começava da mesma forma: Meu nome é Estrada e sou o melhor leiloeiro do mundo. Meu nome é Gustavo Sánchez Sánchez, e todos me chamam, creio que carinhosamente, de Estrada. Posso imitar Janis Joplin depois de duas cubas-libres. Sei interpretar biscoitos chineses da sorte. Posso colocar um ovo de galinha em pé numa mesa, como fazia Cristóvão Colombo na famosa anedota. Sei contar até oito em japonês: ichi, ni, san, shi, go, roku, shichi, hachi. Sei boiar de costas.

Estrada morreu no motel Buenos Días, no cômodo vizinho ao bar, na companhia de três moças deslumbrantes, após conduzir um leilão alegórico que terminou, como um bis, com uma imitação de Janis Joplin cantando "Mercedes Benz". Recebi uma ligação do concierge na manhã de sua morte e imediatamente fui até lá, com Cachorro. Honramos seu último pedido: espalhamos suas cinzas aos pés dos dinossauros de fibra de vidro no canteiro central de uma rua em Pachuca, a Bela Cidade dos Ventos [imagem 9]. Eu mantive a minha palavra, e nos meses que se seguiram compilei sua autobiografia dental. O Cachorro se certificou de que seu filho recebesse o bilhete que encontramos na mesa de cabeceira ao lado de seu leito de morte, sob o copo de água em que ele repousava sua dentadura:

> Perdoe por ter metido você em dificuldades,
> e por agora você estar preso,
> e por não ter sido o melhor dos pais.
> Não pude também conseguir
> todas as suas encomendas.
> Mas aqui estão meus dentes
> e seu copo d'água.
> Você também pode ficar
> com toda a minha coleção,
> e também os dentes de Marilyn Monroe,
> que de qualquer maneira eram falsos.

1. PAVILHÃO DE BICICLETAS GOWER, © FRANCISCO KOCHEN

Sempre que vejo um adulto de bicicleta,
volto a confiar no futuro da humanidade.

H. G. WELLS

2. RINCÓN CULTURAL, © JAVIER RIVERO
E O CACHORRO

Meus cadernos. Tão tristemente cheios, este de impotência e o outro de branca e inútil espera. Da espera mais difícil, a espera mais dolorosa: a de si mesmo. Se eu fosse escrever algo nele, seria a confissão de que eu também estou me esperando há muito tempo, e não cheguei.

JOSEFINA VICENS

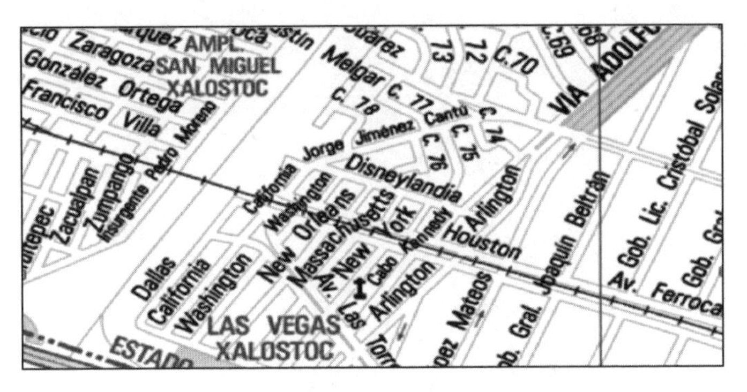

3. DISNEYLANDIA, © GUIA ROJI

Objetos por si mesmos desagradáveis ou indiferentes
muitas vezes agradam na imitação…

WILLIAM HAZLITT

4. CASA DE ESTRADA, © VALERIA LUISELLI

A Disneylândia é colocada como imaginária
a fim de fazer crer que o resto é real.

JEAN BAUDRILLARD

5. DEPÓSITO DE SUCATA ECATEPEC,
© JAVIER RIVERO E O CACHORRO

O idioma espanhol é um velho vestido de noiva que herdamos dos nossos antepassados e que temos obrigação de manter incólume [...] Mas os vestidos de noiva antigos só servem para usar e se ver como um cadáver. É muito melhor cortá-los e fazer camisas que guardá-los com naftalina.

JORGE IBARGÜENGOITIA

6. UGO RONDINONE, *WHERE DO WE GO FROM HERE*, © COLEÇÃO JUMEX, MÉXICO

Fancioulle me fez ver, de maneira peremptória e irrefutável, que a intoxicação
da Arte é mais eficaz que todas as outras para velar os terrores desse abismo;
que o gênio pode representar uma comédia estando à beira do túmulo,
com uma alegria que o impede de ver esse túmulo, perdido, como está,
num Paraíso que lhe nega o acesso à ideia da morte e da destruição.

CHARLES BAUDELAIRE

7. OFICINA DE CONSERTO DE ARMAS DE FOGO E NEURÓTICOS ANÔNIMOS, © JAVIER RIVERO E O CACHORRO

> A neurastenia/ é um dom que me veio com minha obra primigênia.
>
> RUBÉN DARÍO

8. SECRET OF NIGHT, © JAVIER RIVERO E CACHORRO

A originalidade não passa de uma imitação judiciosa; os escritores mais originais tomam empréstimos uns dos outros.

VOLTAIRE

9. CANTEIRO CENTRAL EM PACHUCA
E DINOSSAUROS DE FIBRA DE VIDRO, © EL PULQUE

Não levarás nada quando partires.

JOSÉ MARÍA NAPOLEÓN

LIVRO VII: AS CRONOLÓGICAS

Por Christina MacSweeney

1938 O presidente Lázaro Cárdenas anuncia a nacionalização das reservas de petróleo do México.
1940 Diminui a produção da United States Smelting, Refining & Mining Company em Pachuca, fazendo com que muitos moradores saiam em busca de emprego.
7 de maio de 1945 A guerra termina na Europa.
1945 É publicada a *História da filosofia ocidental*, de Bertrand Russell.

c. 1945

Gustavo Sánchez Sánchez, mais conhecido como "Estrada", nasce em Pachuca, a Bela Cidade dos Ventos.
Sua família se muda para Ecatepec de Morelos.

***c.* 1945** A pintura *Angelus novus*, de Paul Klee, passa aos cuidados de Theodor Adorno depois que seu proprietário, Walter Benjamin, comete suicídio em Portbou.
1945 Completam-se cinquenta anos desde que o sr. Hoopdriver partiu num passeio de bicicleta pelo sudeste da Inglaterra em *The Wheels of Chance*, de H. G. Wells.
1948 Centenário do nascimento do lógico e filósofo alemão Gottlob Frege.

1950 O ensaio "Gás", de Virginia Woolf, que detalha sua experiência de ter vários dentes extraídos em 1922 e 1923, é publicado em *The Captain's Death Bed and Other Essays.*

1951 *Sidarta*, de Hermann Hesse, é publicado pela primeira vez nos Estados Unidos e mais tarde ajuda a inspirar a geração hippie.

c. 1953

Estrada consegue seu primeiro emprego na banca de jornal de Rubén Darío e começa sua coleção de canudos.

1954 O escritor Francisco Goldman nasce em Boston, Massachusetts.

1955 Completam-se cinquenta anos desde que Miguel de Unamuno, ao receber a Gran Cruz de Alfonso x, disse a Alfonso xiii: "Sinto-me honrado, Majestade, por receber esta cruz, que tão justamente mereço".

1956 Julio Cortázar medita sobre a metamorfose de um axolotle no Jardin des Plantes, Paris, no seu conto "Axolotle".

1957 A Penguin publica traduções de Robert Graves de *A vida dos doze Césares*, de Suetonius.

1962 Centenário da publicação dos primeiros cinquenta poemas em prosa de *O spleen de Paris*, por Charles Baudelaire, que inclui um relato da morte heroica do bobo da corte Fancioulle.

1962 Em sua biografia de Robert de Montesquieu, Cornelia Otis Skinner conta que Marcel Proust copiou muitas vezes a risada de Montesquieu, assim como seu hábito de não mostrar os dentes.

1962 Os primeiros cadernos Scribe são fabricados no México.

1965 Começam os trabalhos de construção da primeira fábrica da Volkswagen no México.

1966

Estrada é contratado como guarda de segurança na fábrica Jumex, em Ecatepec de Morelos. E continua colecionando.

1966 Quinhentos e cinquenta anos atrás, Poggio Bracciolini descobriu uma edição de *Institutio Oratoria*, de Quintiliano, numa velha torre da abadia de St. Gall, na Suíça.
1967 O cantor country americano Leroy Van Dyke estreia no filme *What Am I Bid?*
1967 Lançamento de *Sgt. Pepper's Lonely Hearts Club Band*, dos Beatles, com um encarte do álbum desenhado por Peter Blake e Jann Haworth.
1967 *Paragraphs on Conceptual Art*, de Sol LeWitt, é publicado na Artforum.
1967 150º centenário da publicação de *A mesa redonda*, uma coleção de ensaios de William Hazlitt.
2 de outubro de 1968 Estudantes são massacrados em protesto na Praça Tlatelolco, na Cidade do México.
1968 Provável quinquagésimo aniversário da invenção do biscoito da sorte chinês por Donald Lau, em Los Angeles.
12 de outubro de 1968 Jogos Olímpicos no México.
1968 O artista multimídia Doug Aitken nasce em Redondo Beach, Califórnia.
1970 O escritor e editor mexicano-americano David Miklos nasce em San Antonio, Texas.
Começo dos anos 1970 O escritor espanhol Enrique Vila-Matas lê sobre o artista Raymond Roussel nas obras de Marcel Duchamp.
1970 Bicentenário da primeira tradução acadêmica de *Vidas paralelas*, de Plutarco, do grego original para o inglês.
1º de outubro de 1970 Janis Joplin grava "Mercedes Benz" no estúdio Sunset Sound, em Los Angeles.

1971 Completam-se quatrocentos anos desde que Michel de Montaigne, cansado da vida ativa, se retirou para o castelo do seu pai, aos trinta e sete anos de idade.

1971 O ensaísta, poeta e editor Luigi Amara nasce na Cidade do México.

1971 Miguel Calderón, o *enfant terrible* da arte mexicana, nasce na Cidade do México.

1971 Cerca de 1600 anos desde que um jovem Agostinho de Hipona rezou: "Concedei-me a castidade e a continência, mas ainda não".

1971 A Parte I de "The Education of the Un-Artist", de Allan Kaprow, é publicada na *Art News 69*. Em 2011, o escritor e poeta mexicano Daniel Saldaña París inclui o ensaio de Kaprow no Scribd.

1971 O artista tridimensional Fernando Ortega nasce na Cidade do México.

1973 Jorge Luis Borges pede demissão do cargo de diretor da Biblioteca Nacional de Buenos Aires depois de receber o primeiro Prêmio Internacional Alfonso Reyes.

1973 Centenário da publicação da autobiografia de John Stuart Mill, que inclui comentários sobre como Quintiliano influenciou seu pensamento.

1974 O poeta, ensaísta e editor Luis Felipe Fabre nasce na Cidade do México: signo de Peixes, ascendente em Libra, Lua em Áries.

1975-82 Cinquentenário da publicação em fascículos do romance em versos de Aleksandr Sergeyevitch Púshkin, *Eugene Onegin*.

2 de julho de 1976 Saigon é renomeada Cidade Ho Chi Minh.

1976 A Fundação Voltaire é inaugurada na Universidade de Oxford.

1976 350º aniversário da morte de Francis Bacon, o pai do empirismo, que teve uma pneumonia após realizar um experimento sobre os efeitos do congelamento da carne, que implicou encher uma galinha com neve.

1978 Carlos Velázquez, escritor da literatura nortista, nasce em Coahuila, México.

c. 1980

Estrada é promovido a Gerente de Crises. Começa a colecionar cursos.

15 de abril de 1980 Dezenas de milhares de pessoas participam do cortejo fúnebre de Jean-Paul Sartre até sua sepultura em Montparnasse.
1980 Pablo Duarte, editor do site Letras Libres, nasce na Cidade do México.
1981 Um asteroide é descoberto e denominado 3453 Dostoiévski.
1982 Bicentenário da publicação de *Os devaneios do caminhante solitário*, de Jean-Jacques Rousseau.
1982 Na introdução de uma coleção de contos de Robert Walser, Susan Sontag compara a prosa de Walser à arte de Paul Klee.
1982 Em *Wittgenstein acerca de regras e linguagem privada*, Saul Kripke apresenta Kripkenstein, um personagem fictício que tem visões baseadas nos escritos de Wittgenstein.
1983 O contista, romancista e dramaturgo mexicano Jorge Ibargüengoitia é enterrado no parque Antillón, debaixo de uma placa que diz: AQUI JAZ JORGE IBARGÜENGOITIA, NO PARQUE DO SEU BISAVÔ QUE LUTOU CONTRA OS FRANCESES.
1983 Quingentésimo aniversário da publicação de *Legenda* Aurea, de Jacobus de Voragine, edição de Caxton, que narra as vidas dos santos.
25 de junho de 1984 Michel Foucault morre aos cinquenta e sete anos no Hospital Pitié-Salpêtrière, em Paris.

1984

Estrada se casa com Magra.

1984 O cantor mexicano José María Napoleón, também chamado de poeta da melodia, lança o single "Nunca cambies".
19 de setembro de 1985 Grande terremoto na Cidade do México mata pelo menos 10 mil pessoas.

19 setembro de 1985

Nasce Sidarta Sánchez Tostado.

Setembro de 1985 "Highwayman" é primeiro lugar nas paradas de música country dos Estados Unidos.
1985 Carlos Fuentes publica *Gringo Viejo.*
1986 Jean Baudrillard escreve *América*, um relato de suas viagens pelos Estados Unidos.
8 de junho de 1987 O cantor e compositor Juan Cirerol, o Johnny Cash mexicano, nasce em Mexicali. Seu segundo álbum inclui a faixa "Clonazepam Blues".
1987 O escritor mexicano Mario Bellatin viaja para Cuba a fim de estudar roteiro.

1986-7

Estrada faz curso de leiloeiro ministrado pelo Mestre Oklahoma. Conhece Leroy Van Dyke na escola de leiloeiros do Missouri. A Magra deixa Estrada, levando Sidarta consigo.

1987 O escritor mexicano Guillermo Fadanelli reside em Berlim por um ano e fica surpreso ao descobrir que a cerveja não é servida gelada.

1988-2000

Estrada se torna um bem-sucedido leiloeiro e viaja intensamente. Começa a desenvolver seu método alegórico de leilões.

Julho de 1988 Centenário da primeira edição de *Azul*, de Rubén Darío.
1989 É publicado postumamente o conto "Petrita", de Josefina Vicens. A história é baseada numa pintura intitulada *La niña muerta*, que foi dada a Vicens pelo artista Juan Soriano.
1989 É realizada uma retrospectiva de Yoko Ono em uma ala do Whitney Museum.
1991 650º aniversário da nomeação de Petrarca como primeiro poeta laureado da era clássica.
1991 A editora Serpent's Tail publica no Reino Unido a tradução de Susan Bassnett do livro *Las genealogías*, de Margo Glantz.
1992 Sam Durant faz sua primeira exposição individual na Galeria Bliss, em Pasadena.
3 de agosto de 1992 Quinhentos anos desde que Cristóvão Colombo partiu em busca de um caminho para o Oriente pelo oeste e descobriu acidentalmente as ilhas do Caribe.
1995 Terceiro centenário da morte de Sor Juana Inés de la Cruz, cujos escritos se notabilizam por mostrar a influência da retórica clássica de Aristóteles, Quintiliano e Platão.
1998 Bicentenário da publicação do poema de Charles Lamb "The Old Familiar Faces", em que descreve seu "dia de horrores".
***c.* 1998** Aos quinze anos Valeria Luiselli compra um exemplar de *Vals de Mefisto*, de Sergio Pitol, em uma livraria em San Cristóbal de las Casas e imagina que ele é um escritor do Leste Europeu ou um russo já morto.
27 e 28 de outubro de 1999 A Christie's leiloa objetos pessoais de Marilyn Monroe, incluindo uma coleção de onze copos de vidro mexicanos sortidos.

c. 2000

Estrada compra os dentes de Marilyn Monroe num leilão em Miami.

2000 Aproximadamente 2400 anos desde que o dramaturgo grego Eurípides, que descreveu personagens míticos como pessoas comuns, se retirou para uma caverna na ilha de Salamina a fim de escrever suas tragédias.
2000 Cerca de 3 mil anos antes, Cadmo, filho de Telefassa, plantou um dente de dragão e ficou surpreso ao ver guerreiros armados brotarem da terra.
2000 A ONU lança os seus oito Objetivos de Desenvolvimento do Milênio, a serem alcançados até 2015.

2001-10

Estrada compra um terreno na rua Disneylandia e vive em reclusão. Ele continua a recolher memorabilia locais.

3 de dezembro de 2001 Morre o contista experimental mexicano Juan José Arreola.
2002 O número de mexicanos sem documentos que vivem nos Estados Unidos é estimado em 5,3 milhões.
2002 O artista visual Terence Gower instala o pavilhão das bicicletas no terreno da Fundação/Coleção Jumex em Ecatepec, Cidade do México.
2002 150º aniversário da morte de Nikolai Vasilievitch Gógol.

2002 Aproximadamente 1900 anos desde que Tácito escreveu *Dialogus de oratoribus.*
2003 Olafur Eliasson representa a Dinamarca na Bienal de Veneza.
2004 A contista e ensaísta Vivian Abenshushan se inspira em uma obra de estêncil em Buenos Aires, onde lê: "Mate seu chefe: demita-se".
2004 Publicação póstuma de *La novela luminosa*, do autor uruguaio Mario Levrero, que inclui um prólogo de 450 páginas contando como o escritor gastou a subvenção que recebeu da Fundação Guggenheim.
2005 Cem anos desde que o escritor russo do absurdo Daniil Kharms nasceu duas vezes; o autor afirma que o pai e a parteira tentaram empurrá-lo de volta para o ventre quando ele apareceu quatro meses antes do previsto.
2005 Centésimo aniversário da publicação do ensaio "Um pedaço de giz", de G. K. Chesterton.
2006 O romance *Bonsai*, do escritor chileno Alejandro Zambra, é publicado na Espanha pela Anagrama.
2006 *El buscador de cabezas*, de Antonio Ortuño, nascido em Guadalajara, é selecionado como o melhor romance de estreia do ano pelo jornal *Reforma.*
13 de outubro de 2006 Duzentos anos desde que o filósofo alemão Georg Wilhelm Friedrich Hegel viu Napoleão passeando pelas ruas de Jena.
2007 O crítico mexicano Guillermo Sheridan começa a escrever seu blog El Minutario, hospedado pela Letras Libres.
2007 Yuri Herrera-Gutiérrez torna-se editor da revista literária *El Perro*.
2007 O magnata mexicano da telecomunicação Carlos Slim é considerado o homem mais rico do mundo.
2008 No ensaio "El arte de vivir en arte", o escritor e crítico argentino Alan Pauls afirma que a ficção pode ser entendida como "um mapa baseado em coincidências e divergências".
2009 El Dinoparque abre no Museu El Rehilete, em Pachuca.
2009 A editora Sexto Piso publica o romance *Morirse de memoria,* de Emiliano Monge.

2010 O autor Carlos Yushimito é descrito pela *Granta* como "um peruano de antepassados japoneses que vive em Providence, Rhode Island, e que escreve sobre o Brasil".

2010 Aos vinte e sete anos de idade, em Wisconsin, o escritor mexicano Laia Jufresa aprende a andar de bicicleta.

29 de julho de 2010 Os dentes de Winston Churchill "salvadores do mundo" são vendidos por 15 200 libras em um leilão em Norfolk, Inglaterra.

2010 Rubén Gallo publica *Freud's Mexico: Into the Wilds of Psychoanalysis*.

2010 Por um mês, o artista mexicano Damián Ortega cria um novo trabalho artístico todos os dias para sua exposição na Barbican Art Galery.

2011 O artista conceitual Abraham Cruzvillegas instala *Autoconstrucción*, que contém ovelhas, bosta e tufos de cabelo, na Tate Modern.

Março de 2011 O assassinato do filho do poeta Javier Sicilia leva a protestos em massa em todo o México contra a violência relacionada às drogas.

Novembro de 2011 O Museu Guggenheim de Manhattan descreve o artista hiper-realista italiano Maurizio Cattelan como um provocador e piadista.

2011-3

Um leilão parabólico acontece na igreja de Santa Apolônia.
Estrada passa a noite na "sala de fantasmas".
Ele se reúne com o aspirante a escritor Jacobo de Voragine e propõe que Jacobo escreva sua autobiografia dental.
Estrada recupera os dentes.

2011 O artigo intitulado "The Musical Brain", do prolífico escritor argentino César Aira, aparece na *The New Yorker*.
2012 A Christie's vende a serigrafia *Saint Apollonia: one plate*, de Andy Warhol, de 1984, em leilão.
27 de abril de 2012 David Weiss, metade do duo artístico Fischli/Weiss, morre com sessenta e seis anos.
Junho de 2012 Javier Rivero posta uma fotografia com a legenda "Gatinho revisando Jean-Paul Sartre" em seu blog, Writers and Kitties.
2012 Julián Herbert vence o prêmio Jaén de romance inédito com o livro autobiográfico *Canción de tumba*, que relata a morte de sua mãe, uma ex-prostituta, por leucemia.
2012 O poeta, ensaísta e tradutor mexicano Tedi López Mill publica sua coleção de poemas *El libro de las explicaciones*.
2012 Paula Abramo publica sua coleção de poemas *Fiat Lux*.
Março de 2012 O artista baseado em Nova York Ugo Rondinone é curador de uma exposição que inclui a *Madonna* de Hans Schärer, em que os dentes são substituídos por seixos amarelados.
2013 O romance *Muerte súbita*, de Álvaro de Enrigue, ganha o prêmio Herralde de romance.
2013 Um peixe vermelho chamado Oblomov morre de algum tipo de depressão na coletânea de contos de Guadalupe Nettel, *El matrimonio de los peces rojos*.

2013

Estrada morre no motel Buenos Días após a realização de um leilão alegórico no bar Secret of Night.

8 de abril de 2013 A Fundação/Coleção Jumex abre sua exposição *O caçador e a fábrica*.
2013 A moeda de dois euros é cunhada para comemorar o 2400º aniversário da fundação da Academia de Platão.

EPÍLOGO

Este livro é fruto de uma série de colaborações. Em janeiro de 2013, os curadores Magali Arriola e Juan Gaitán me encomendaram um texto para o catálogo da exposição *O caçador e a fábrica*, que se realizaria na Galeria Jumex, num bairro suburbano de Ecatepec, nos arredores da Cidade do México. A ideia da exposição, assim como da minha participação nela, era poder refletir sobre as pontes — ou a ausência delas — entre a vida da galeria e o contexto mais amplo em que ela está inserida.

A Coleção Jumex, uma das maiores e mais importantes coleções de arte contemporânea do mundo, é financiada pela fábrica de sucos Jumex, também situada em Ecatepec. Há, naturalmente, uma grande distância entre estes mundos: galeria e fábrica; artistas e operários; obra e sucos. Como iria traçar pontes entre eles? Poderia um texto literário funcionar como mediador? Decidi escrever de um modo tangencial, e mesmo alegórico, sobre o mundo da arte, me concentrando na vida da fábrica. Mais que escrever sobre a fábrica e os operários, eu escreveria *para* eles, propondo então um procedimento que parecia adequado a esse fim.

Em meados do século XIX, surgiu em Cuba o estranho ofício de "leitor de tabacaria". A ideia é atribuída a Nicolás Azcárate, um jornalista e abolicionista que, entre outras coisas, a pôs em prática nas fábricas de cigarros e charutos do país. Para diminuir o tédio do trabalho manual repetitivo, um leitor-operário lia em voz alta para o resto dos operários enquanto estes trabalhavam. A princípio, as leituras favoritas eram Émile Zola e Victor Hugo, mas também tinham que suportar, de vez em quando, pesados volumes de história da Espanha. A prática se expandiu para outros países latino-americanos, mas desapareceu no século XX. Em Cuba, no entanto, leitores de tabacaria ainda são comuns. Mais ou menos simultaneamente com os leitores de tabacaria, foi inventado o moderno romance em série. Em 1836, Balzac publicou *La Vieille Fille* na França, e Dickens, os *Pickwick Papers* na Inglaterra. Divididos em fascículos baratos, os romances em série atingiram um público muito mais amplo, que tradicionalmente não estava acostumado a ler ficção. Percebi que podia juntar essas duas práticas literárias que outrora se provaram adequadas em contextos não muito diferentes daquele que eu estava enfrentando. A fim de prestar homenagem e aprender com essas práticas de leitura e publicação, decidi escrever um romance em parcelas para os trabalhadores, que poderiam então lê-lo em voz alta na fábrica.

A equipe da Jumex se revelou entusiasta e solidária desde o começo, e organizou um espaço e as condições necessárias para a realização das leituras. Escrevi o primeiro fascículo, que foi impresso com orçamento muito baixo — eram simples livretos, distribuídos aos trabalhadores. Alguns operários ficaram interessados, e a assistente da curadoria, Lorena Moreno, ajudou a formar e moderar um pequeno grupo de leitura, que se reunia semanalmente para ler e discutir os textos. Comecei a enviar novos fascículos a cada semana; a equipe da Fundação Jumex imprimia os livretos e os distribuía. Com o consentimento de todos, as sessões de leitura eram gravadas e enviadas de volta para mim em Nova York. Eu as escutava, fazendo anotações a respeito dos comentários e críticas dos trabalhadores, e especialmente de sua conversa informal após a leitura e as discussões. Então eu escrevia o novo fascículo, mandava de volta para eles, e assim por diante. Durante esse processo os operários nunca me viram e eu nunca os vi. Eles me liam e eu os ouvia. Dois membros da equipe da Jumex, Javier Rivero e El Perro (em português, O Cachorro), também me ajudaram tirando fotos da galeria, dos arredores da fábrica e de algumas das peças em exibição, o que, ao menos virtualmente, me permitiu explorar os espaços sobre os quais estava escrevendo. A fórmula, se houvesse, seria algo assim como Dickens + MP3 + Balzac + JPG. Com o fascículo final, eu também enviei aos trabalhadores uma gravação em MP3 em que lhes agradecia por seu tempo e pelo retorno que tinham me dado. Eu havia escrito sob o pseudônimo de Gustavo Sánchez Sánchez, e considerei que era importante fechar o círculo de intimidade que tínhamos criado deixando-os ouvir a minha voz real. Provavelmente a reação deles à minha voz foi semelhante à minha quando, meses depois, dois dos trabalhadores apareceram no lançamento do livro na Cidade do México, no museu Carrillo Gil. Foi então que o círculo realmente se fechou.

Muitas das histórias contadas neste livro vêm dos casos pessoais dos operários — mas modifiquei os nomes de pessoas e lugares. Os debates dos operários também orientaram o curso da narrativa, fazendo-me refletir sobre velhas questões de uma nova perspectiva: como os objetos de arte adquirem valor, não apenas dentro do mercado especializado no consumo da arte, mas também fora de seus limites (mais ou menos) bem definidos? Como distanciar um objeto ou um nome do seu contexto em uma galeria, museu ou panteão literário — um procedimento reverso ao duchampiano — afeta o seu significado e interpretação? Como discurso, narrativa e assinaturas ou nomes autorais modificam a maneira como percebemos textos literários e obras de arte? O resultado dessas preocupações compartilhadas é este "romance-ensaio" coletivo sobre produção de valor e significado na arte contemporânea e na literatura.

Por sua dedicação e generosidade, eu gostaria de agradecer a muitas pessoas, porém, mais que tudo, quero agradecer aos trabalhadores da fábrica que leram e de certo modo escreveram esta história comigo: Evelyn Ángeles Quintana, Abril Velázquez Romero, Tania García Montalva, Marco Antonio Bello, Eduardo González, Ernestina Martínez, Patricia Méndez Cortés, Julio Cesar Velarde Mejía e David León Alcalá.

Por fim, devo dizer que, dos fascículos iniciais lidos pelos trabalhadores na fábrica até esta versão final do livro, muitas coisas mudaram. Na verdade, o livro em espanhol também é diferente do em inglês, assim como aconteceu com meus livros anteriores — eu os reviso e reescrevo tão completamente que prefiro considerá-los versões em vez de traduções. Esta edição em português, baseada na versão em inglês,* inclui um "livreto" extra escrito inteiramente pela minha tradutora, Christina MacSweeney. Sua cronologia é um mapa, um índice e um glossário para o livro, que tanto desestabiliza o chavão obsoleto da invisibilidade do tradutor quanto sugere uma nova forma de se envolver com a tradução; uma que não confia em trazer o escritor para mais perto do leitor — simplificando e encobrindo o texto traduzido — nem em trazer o leitor para mais perto do escritor — transformando o texto em uma espécie de "inglês estrangeiro". Este livro começou como uma colaboração, e gosto de pensar nele como uma colaboração em progresso, na qual cada nova camada modifica o conteúdo inteiro completamente.

* A edição brasileira foi traduzida do texto original em espanhol e depois reeditada para incorporar as mudanças da edição em inglês. (N. E.)

Créditos

A história dos meus dentes faz referência a diversos textos que são, na maioria dos casos, interpretados, parafraseados ou levemente alterados em diversas traduções.

p. 21: *A vida dos doze Césares*, de Gaius Suetonius Tranquillus.
p. 25: *América*, de Jean Baudrillard.
p. 31: Cervantes.
p. 44: "A vida dos homens infames", de Michel Foucault.
p. 50: "Da experiência", de Michel de Montaigne.
p. 51: *The Life, Letters and Writings of Charles Lamb, Volume II*, de Charles Lamb.
p. 52: "The Appetite of Earth", de G. K. Chesterton.
p. 65: *No caminho de Swann*, de Marcel Proust.
p. 76: Citação de Daniil Kharms baseada em trecho de *Today I Wrote Nothing: The Selected Writings of Daniil Kharms.*
p. 81: Baseado em um verso de *Muito barulho por nada*, de William Shakespeare.
p. 99: Baseado nas palavras de Vince Lombardi, de Cervantes; provérbios anônimos latinos, chineses e espanhóis.
p. 115: Citação baseada em trecho de "Teses sobre o conceito de história", de Walter Benjamin.

ESTA OBRA FOI COMPOSTA PELA ABREU'S SYSTEM EM ADOBE GARAMOND
E IMPRESSA EM OFSETE PELA LIS GRÁFICA SOBRE PAPEL PÓLEN BOLD DA SUZANO
PAPEL E CELULOSE PARA A EDITORA SCHWARCZ EM JUNHO DE 2016